PHILOSOPHIE FÉLINE

DU MÊME AUTEUR

VOLTAIRE : VOLTAIRE ET LES LUMIÈRES, Seuil, 2000.
LE SILENCE DES ANIMAUX : DU PROGRÈS ET AUTRES MYTHES MODERNES, Les Belles Lettres, 2018.
CHIENS DE PAILLE : RÉFLEXIONS SUR LES HUMAINS ET AUTRES ANIMAUX, Les Belles Lettres, 2019.

Titre original :
Feline Philosophy: Cats and the Meaning of Life
Éditeur original :
Allen Lane / Penguin Books, London

ISBN 978-2-330-17186-5

John Gray

Philosophie féline

•••

Les chats et le sens de l'existence

essai traduit de l'anglais
par Fanny Quément

Gaïa

SOMMAIRE

I

LES CHATS ET LA PHILOSOPHIE

Un philosophe m'assura un jour qu'il avait persuadé son chat de devenir végane. Croyant qu'il plaisantait, je lui demandai comment il avait accompli cet exploit. Avait-il nourri ce chat de friandises véganes, goût souris ? Lui avait-il présenté d'autres félins déjà convertis pour qu'il prenne exemple sur eux ? Ou bien avait-il argumenté jusqu'à le persuader que manger de la viande, c'est mal ? Mon interlocuteur n'eut pas l'air amusé. Je compris qu'il croyait vraiment que le chat avait décidé d'arrêter la viande. Je lui adressai donc une dernière question : ce chat sortait-il ? Il me répondit que oui. C'était la clé du mystère. De toute évidence, le chat se nourrissait chez les voisins ainsi que de la chasse. S'il avait parfois rapporté quelque carcasse à son maître (une pratique malheureusement fort répandue chez les chats qui n'ont pas grande éthique), le vertueux philosophe avait réussi à ne pas le remarquer.

On peut aisément imaginer comment le chat soumis à cette expérience en éducation morale perçut son précepteur humain. Sa perplexité face au comportement du philosophe laissa sans doute bientôt place à de l'indifférence. Se contentant la plupart du temps d'agir dans un objectif précis ou de faire ce qui leur procure une joie immédiate, les chats sont de grands réalistes. Confrontés à la folie des hommes, ils passent simplement leur chemin.

Le philosophe qui croyait avoir persuadé son chat d'arrêter la viande ne faisait que montrer à quel point les philosophes peuvent être idiots. Plutôt que de vouloir faire de son chat un élève, il eût mieux fait de tenter d'en faire son maître. Les humains ne peuvent pas devenir des chats. Mais s'ils arrêtent de se considérer comme des êtres supérieurs, ils comprendront peut-être ce qui permet aux chats de s'épanouir sans s'inquiéter de savoir comment vivre.

Les chats n'ont que faire de la philosophie. Obéissant à leur nature, ils se satisfont de la vie que celle-ci leur donne. Chez les humains, au contraire, regretter sa nature semble naturel. Avec des résultats que l'on sait d'avance tragiques ou grotesques, l'animal humain s'évertue sans relâche à être ce qu'il n'est pas. Les chats s'épargnent cet effort. La vie humaine est bien souvent une lutte pour le bonheur. Chez les chats, au contraire, le bonheur est un état par défaut qu'ils retrouvent quand leur bien-être n'est pas directement menacé. C'est peut-être essentiellement pour cette raison que nous sommes nombreux à aimer les chats. Par droit de naissance, ils jouissent d'une félicité dans la quête de laquelle les humains échouent le plus souvent.

La philosophie naît de l'angoisse, mais les félins ne connaissent l'angoisse qu'en cas de danger, ou s'ils se retrouvent en territoire inconnu. Pour les humains, le monde lui-même est le lieu du danger et de l'inconnu. Les religions sont des tentatives visant à rendre un univers inhumain humainement habitable. Les philosophes ont souvent dit ces croyances grandement méprisables en regard de leurs spéculations métaphysiques, mais la religion et la philosophie répondent au même besoin[1]. Elles cherchent l'une comme l'autre à conjurer l'éternelle inquiétude qui fait partie de la nature humaine.

Les simples d'esprit diront que si les félins ne pratiquent pas la philosophie, c'est qu'ils sont incapables de produire une pensée abstraite. Mais on peut imaginer une espèce féline qui, bien que dotée de cette capacité, habiterait le monde avec la même aisance. Si ces félins se tournaient vers la philosophie, ils y verraient une forme divertissante de littérature fantastique. Plutôt que d'y chercher un remède à l'angoisse, ces philosophes félins en feraient une activité de l'ordre du jeu.

Chez les félins, le défaut de pensée abstraite n'indique pas une infériorité, mais leur liberté d'esprit. Quand elle procède par généralités, la pensée sombre facilement dans une foi superstitieuse en la langue. Une grande partie de l'histoire de la philosophie relève du culte des fictions linguistiques. En se fiant à ce qu'ils touchent, sentent et voient, les félins échappent à l'emprise des mots.

La philosophie montre la fragilité de l'esprit humain. Les humains philosophent pour la même raison qu'ils prient. Ils savent que le sens qu'ils ont construit dans leur vie est fragile et vivent dans la peur de le voir s'effondrer. La mort est le grand point de rupture du sens, puisqu'elle marque la fin de l'histoire que l'on s'est racontée, quelle qu'elle soit. Alors les humains s'imaginent en route pour une vie au-delà de leur corps, dans un monde hors du temps, leur histoire se prolongeant dans cet autre royaume.

À maintes reprises, la philosophie est partie en quête de vérités impérissables. Chez Platon, la théorie des formes (des idées immuables qui existent au sein d'un royaume éternel) était une vision mystique arrachant les valeurs humaines à la mort. Puisqu'ils ne pensent rien de la mort (bien qu'ils semblent parfaitement savoir quand partir), les félins n'ont que faire de ces fictions. S'ils pouvaient la comprendre, la philosophie n'aurait rien à leur apprendre.

Quelques philosophes ont admis que l'on peut apprendre des félins. Le philosophe du XIXe siècle Arthur Schopenhauer (né en 1788) est connu pour son amour des caniches : il en eut une ribambelle vers la fin de sa vie et leur donna toujours les deux mêmes noms, Atma et Butz. Il eut également au moins un compagnon félin. Quand il mourut d'un arrêt cardiaque en 1860, on le retrouva chez lui, sur son canapé, avec un chat qui n'avait pas de nom.

Schopenhauer se servit de ses animaux de compagnie pour étayer sa théorie de l'individuation comme illusion. Les hommes ne peuvent pas s'empêcher de voir les chats comme des individus aussi distincts qu'eux, mais ils font erreur, affirme-t-il, puisqu'il s'agit dans un cas comme dans l'autre d'une forme platonicienne, d'un archétype que l'on retrouve dans un grand nombre de cas différents. En définitive, chacun de ces faux individus incarne de façon éphémère quelque chose de plus fondamental – l'éternel vouloir-vivre qui, selon Schopenhauer, est la seule chose qui existe véritablement.

Il énonce sa théorie dans *Le Monde comme volonté et comme représentation* :

> Je le sais, si j'allais gravement affirmer à quelqu'un l'identité absolue du chat occupé en ce moment même à jouer dans la cour et de celui qui, trois cents ans auparavant, a fait les mêmes bonds et les mêmes tours, je passerais pour un fou ; mais je sais aussi qu'il est bien plus insensé encore de croire à une différence absolue et radicale entre le chat d'aujourd'hui et celui d'il y a trois cents ans. [...] Car sans doute dans l'individu nous avons sans cesse sous les yeux un autre être [...]. Mais rien de moins vrai aussi en un autre sens, à savoir au sens où la réalité n'appartient qu'aux seules formes durables des choses, aux idées, au sens qui avait brillé d'une clarté si vive à l'esprit de Platon, que Platon en avait fait la pensée fondamentale [...][2].

L'idée que les chats seraient les ombres furtives d'un Éternel Félin a quelque chose de séduisant. Pourtant, quand je pense aux chats que j'ai connus, ce ne sont pas leurs points communs qui me viennent d'emblée à l'esprit, mais ce qui les différencie les uns des autres. Ils sont méditatifs et sereins, ou bien passionnément joueurs ; discrets et placides, ou bien loquaces et grandes gueules. Ils ont chacun leurs goûts, leurs habitudes et leur individualité.

Les chats ont une nature qui les distingue des autres créatures, et notamment de nous. Ce livre a pour sujet la nature des chats et ce qu'elle peut nous apprendre. Mais quiconque a partagé sa vie avec des chats refusera de les voir comme les exemplaires interchangeables d'un même archétype. Chacun d'entre eux est singulièrement lui-même, et s'apparente plus à un individu que bien des êtres humains.

Schopenhauer se montra malgré tout plus humain que d'autres grands philosophes dans sa vision des animaux. Selon certains documents, René Descartes (1596-1650) jeta un chat par la fenêtre afin de démontrer l'absence de conscience réflexive chez les animaux non humains : les cris d'effroi de l'animal relevaient du réflexe machinal, conclut-il. Descartes fit aussi des expériences sur des chiens, fouettant l'un d'entre eux sur un air de violon afin de voir si l'animal prendrait ensuite peur au son de cet instrument, ce qui fut le cas.

C'est à Descartes que l'on doit l'expression "Je pense, donc je suis". Il voulait dire par là que l'être humain est un esprit par essence, tandis qu'il n'est un organisme physique que par accident. Il voulait ériger sa philosophie sur le doute méthodique. Il ne lui vint pas à l'esprit de douter de l'orthodoxie chrétienne, selon laquelle les animaux n'avaient pas d'âme, qu'il reprit dans sa philosophie rationaliste. Ses expériences prouvaient selon lui que les animaux non humains étaient des machines insensibles ; en réalité, elles montraient que les humains peuvent être plus insensés que tout autre animal.

La conscience réflexive peut se manifester chez de nombreux êtres vivants. Une lignée de la sélection naturelle a donné les humains, une autre la pieuvre. Dans un cas comme dans l'autre, il n'y avait rien de préétabli. L'évolution ne tend pas vers des formes de vie toujours plus réflexives. Au hasard de ses apparitions, la conscience va et vient chez les organismes qui en sont dotés[3]. Selon les transhumanistes du XXIe siècle, l'évolution chemine vers un esprit cosmique pleinement réflexif. On trouvait déjà ce genre d'idées dans la théosophie, l'occultisme et le spiritisme du XIXe[4]. En aucune façon ces théories ne reposent sur celle de Darwin. L'humain doit peut-être sa réflexivité à une extraordinaire coïncidence[5].

Cette conclusion peut sembler funeste. Mais pourquoi la réflexivité devrait-elle être ce qu'il y a de plus précieux ? La conscience est surcotée. Un monde de lumière et d'ombre, qui produit par intermittence des créatures partiellement réflexives, est un habitat préférable, plus intéressant qu'un monde où règne le soleil implacable de la réflexion.

Repliée sur elle-même, la conscience est un obstacle sur le chemin d'une vie bonne. La conscience de soi a divisé l'esprit humain, en constante lutte pour chasser les expériences douloureuses de sa partie réflexive. La douleur contenue pullule sous forme de questions existentielles. À l'inverse, l'esprit félin est un et indivis. La douleur est éprouvée puis oubliée, et renaît la joie de vivre. Les chats n'ont pas besoin d'examiner leur vie, parce qu'ils ne doutent pas que la vie vaille la peine d'être vécue. La conscience de soi humaine a produit cette agitation constante dont la philosophie n'a jamais pu nous guérir.

Un antiphilosophe amoureux des chats : Michel de Montaigne

Une meilleure compréhension des chats et des limites de la philosophie transparaît chez Michel de Montaigne (1533-1592), qui s'interroge : "Quand je me joue à ma chatte, qui sait si elle passe son temps de moi plus que je ne fais d'elle[6] ?"

Montaigne est souvent présenté comme l'un des pères de l'humanisme moderne, un courant de pensée visant à dépasser toute idée de Dieu. En réalité, il se montre aussi sceptique envers l'humanité qu'envers Dieu. "La plus calamiteuse et frêle de toutes les créatures c'est l'homme, écrit-il, et quant et quant, la plus orgueilleuse." Passant en revue les philosophies existantes, il n'en trouve aucune qui puisse remplacer ce savoir que les animaux détiennent par nature quant à la conduite de leur vie. "[Les bêtes] nous peuvent estimer bêtes, comme nous les en estimons[7]." D'autres animaux sont supérieurs aux humains en ce qu'ils savent instinctivement comment vivre. En cela, Montaigne se démarque de l'orthodoxie chrétienne et des principales traditions de la philosophie occidentale.

À l'époque de Montaigne, être sceptique n'était pas sans risque. Les guerres de religion sévissaient en France comme ailleurs en Europe. Montaigne y fut mêlé quand il prit la suite de son père en devenant maire de Bordeaux, puis en servant de médiateur entre catholiques et protestants alors qu'il s'était retiré du monde pour se consacrer à l'étude en 1570. Montaigne descendait de marranes (des juifs de la péninsule Ibérique que les persécutions de l'Inquisition avaient forcés à se convertir au christianisme) et s'il écrivit pour défendre l'Église, il se peut qu'il l'ait fait pour éviter la répression que ceux-ci subissaient. Mais il appartient aussi à une mouvance de penseurs qui se montraient ouverts à la foi parce qu'ils doutaient de la raison.

Au XVe siècle, l'Europe redécouvrit le scepticisme de la Grèce antique. Montaigne fut influencé par sa branche la plus radicale, le pyrrhonisme, nommé d'après Pyrrhon d'Élis (*c.* 360-*c.* 270 av. J.-C.), qui suivit l'armée d'Alexandre le Grand jusqu'en Inde, où il est connu pour avoir étudié auprès des gymnosophistes (les "sages nus"), aussi appelés yogis. C'est potentiellement de ces sages qu'il hérita l'idée que la philosophie vise l'ataraxie, terme désignant un état de tranquillité qu'il fut peut-être le premier à employer. En suspendant son jugement, le philosophe sceptique s'épargnait toute perturbation intérieure.

Montaigne apprit beaucoup du pyrrhonisme. Sur les poutres de la tour où il se retira par la suite, il fit peindre des citations du philosophe physicien Sextus Empiricus (*c.* 160-*c.* 210 apr. J.-C.), disciple de Pyrrhon et auteur des *Hipotiposes pirroniennes*, qui résume ainsi la perspective sceptique :

> le principe, ou la cause, ou la fin de la Sceptique est l'espérance que le philosophe sceptique a de parvenir par le moyen de cette sorte de philosophie, à l'Ataraxie, c'est-à-dire, à l'exemption de trouble, ou à la tranquillité de l'âme. Car les grands génies, qui ont été les auteurs de cette discipline, voyant que cette égalité de raisons qu'ils remarquaient dans les choses, les troublait, ils commencèrent à examiner ce qu'il pouvait y avoir de vrai ou de faux dans les choses ; afin de se procurer une disposition exempte de trouble, par le discernement qu'ils feraient de ces choses[8].

Mais Montaigne doute que la philosophie, même pyrrhonienne, puisse délivrer l'esprit humain du tourment. Dans bon nombre de ses essais (terme français dont Montaigne s'appropria la signification littérale, "épreuves" ou "tentatives"), le pyrrhonisme lui sert à défendre la foi.

Selon Pyrrhon, nul ne peut rien savoir. Comme le dit Montaigne, "La peste de l'homme, c'est l'opinion de savoir[9]". Les disciples de Pyrrhon apprenaient à vivre en se fiant à la nature et non à quelque argument ou principe. Mais si la raison est impuissante, pourquoi récuser les mystères de la religion ?

Dans l'Europe antique, les trois principales écoles de philosophie (le stoïcisme, l'épicurisme et le scepticisme) visaient toutes un état de tranquillité. La philosophie était un sédatif qui, à condition d'en respecter la posologie, générait l'ataraxie. La fin de la philosophie, c'était la paix. Montaigne ne partage pas ces espoirs : "En ceci y a-t-il une générale convenance entre tous les philosophes de toutes sectes, que le souverain bien consiste en la tranquillité de l'âme et du corps : Mais où la trouvons-nous ? [...] Nous n'avons que du vent et de la fumée en partage[10]."

Plus sceptique que les pyrrhonistes les plus radicaux, Montaigne refuse de croire que l'homme puisse guérir de son inquiétude en philosophant d'une quelconque manière. La philosophie sert avant tout à guérir l'homme de la philosophie.

Comme Ludwig Wittgenstein (1889-1951), il reconnaît que le langage ordinaire est jonché de débris, reliquats d'anciens systèmes métaphysiques[11]. Mais en exhumant ces vestiges et en admettant que les réalités qu'ils dépeignent sont en fait des fictions, nous pourrions développer une pensée plus souple. À faible dose, ce remède homéopathique à la philosophie (une antiphilosophie, pourrait-on dire) nous rapprocherait peut-être des autres animaux. Et peut-être pourrions-nous apprendre quelque chose de créatures que les philosophes ont déclarées inférieures.

Une telle antiphilosophie ne partirait pas d'une argumentation, mais d'une histoire.

Le voyage de Mèo

Le chat entra dans la pièce sous l'aspect d'une silhouette, petite forme noire découpée sur le seuil, contre le jour aveuglant. Dehors, une guerre faisait rage. C'était au Viêtnam, dans la ville de Hué, en février 1968. Le Nord-Viêtnam venait de lancer l'offensive du Têt, une campagne contre les Américains et leurs alliés sud-vietnamiens, qui mènerait au retrait des forces américaines cinq ans plus tard. Dans *The Cat from Hué*, l'un des grands récits sur l'expérience humaine de la guerre, le journaliste de la chaîne télé CBS John (Jack) Laurence décrit la ville d'où vient son chat :

> Hué était au plus fort de la guerre. Ce jour-là, une rixe urbaine avait éclaté entre deux clans armés, majoritairement adolescents, également déterminés à conquérir un territoire inconnu ; un combat de rue où il fallait être rapide et massacrer sans merci. Tous les coups étaient permis. Ils s'ôtaient la vie sans y penser, se trucidaient comme on souffle une bougie [...]. Au bout du compte, le gang le plus violemment puissant prit le dessus et réclama le peu qu'il restait. Les vaincus battirent

en retraite avec leurs blessés et ne vécurent que pour combattre un jour de plus. Les vainqueurs obtinrent les ruines. C'était ça, vivre à Hué[12].

Quand elle se faufila dans la pièce, la forme noire put être identifiée : il s'agissait d'un chaton d'environ huit semaines, si chétif qu'il tenait dans la main de Laurence. Décharné, sale, le poil gras et plein de nœuds, il humait l'air, flairant l'odeur de la nourriture que le journaliste américain piochait dans une conserve de l'armée. Quand le journaliste essaya de lui parler en vietnamien, le chaton le regarda comme s'il ne tournait pas rond. Laurence lui offrit de la nourriture, dont il s'approcha prudemment, sans pour autant y toucher. Abandonnant ses restes, l'Américain quitta les lieux et revint le lendemain. Le chaton parut sur le seuil, inspecta la pièce et se dirigea vers lui, reniflant la main qu'il lui tendait. Il ne lui restait plus qu'une conserve de "tranches de bœuf", qu'il ouvrit pour lui en tendre du bout des doigts. Le chaton mangea d'un appétit vorace, gobant les tranches de viande bouillie sans même les mâcher. L'Américain trempa ensuite une serviette dans l'eau d'un bidon et prit le petit chat par les épaules pour le débarrasser de la crasse et des puces qu'il avait dans les oreilles, et lui débarbouiller les babines, les moustaches et le menton. Le chat se laissa faire et quand la toilette fut finie, il se lécha la patte avant pour se laver le museau. Sur ce, il s'approcha encore de l'Américain et lui lécha le dos de la main.

Une jeep arriva et Jack comprit qu'il allait rentrer. Il mit le chaton dans sa poche et ce fut le début d'une amitié : évacués de Hué par hélicoptère, ils atterrirent à Da Nang, où le chaton (qu'il appela Mèo, prononcé *may-oh*) s'établit dans le campement des journalistes, mangeant quatre ou cinq copieux repas par jour. Sur le trajet, Mèo avait manqué de s'échapper en perçant une ouverture dans la veste de Jack, puis exploré le cockpit et escaladé le harnais du pilote. Ils se rendirent ensuite à Saigon, et Mèo voyagea cette fois-ci dans une boîte en carton, avec sa couverture et ses jouets, sans pouvoir visiter l'avion et miaulant tout du long. Ils partagèrent une chambre d'hôtel où Mèo prit un bain malgré sa grande réticence. Il s'avéra que son poil noir était un camouflage fortuit, masquant la robe *colourpoint* d'un croisé siamois aux yeux d'un bleu très clair.

À l'hôtel, Mèo était régulièrement nourri (les cuisiniers lui donnant leurs restes de riz et de têtes de poisson quatre fois par jour), mais il tentait des razzias dans d'autres pièces. D'un bond, il se perchait à la fenêtre de la chambre pour y rester des heures, aux aguets mais presque immobile, suivant des yeux le mouvement des passants, des lumières et des véhicules à ses pieds. Les journalistes américains qui vécurent la guerre apprirent à l'oublier dans la drogue et l'alcool, buvant entre eux jusqu'à perdre connaissance, pour n'être réveillé que par des cauchemars. Ils rentraient parfois chez eux faire une pause, mais la guerre les suivait et troublait encore leur sommeil. Pour sa part, Mèo "semblait comprendre les événements mieux qu'aucun de nous, de l'extérieur [...]. Et cela garantissait sa liberté, même en captivité. Quand il se perchait à la fenêtre ouverte [...], parmi les fines volutes des cigarettes, ses yeux étaient d'un bleu aussi sublime et profond que celui de la mer de Chine méridionale[13]".

Il dormait dans un bunker qu'il s'était fabriqué à l'aide d'un colis, mâchouillant le carton (pendant toute une semaine) jusqu'à percer une ouverture juste assez grosse pour qu'il puisse s'y faufiler. Il domina la douzaine de chats errants déjà sur place, qui apprirent à l'éviter, et fit du jardin et des chambres un terrain de chasse où il attrapa des lézards, des pigeons, des insectes, des serpents et peut-être même un paon, mystérieusement disparu. Les crocs désormais bien affûtés, il était devenu "le petit chasseur blanc, un tueur-né, un piège prêt à se refermer[14]". À l'exception des employés vietnamiens qui venaient le nourrir, personne ne pouvait l'approcher, et il se montrait particulièrement hostile envers les Américains. "Il semblait avoir une dent contre l'humanité [...]. Renfermé, distant, hostile à tous ceux qui n'étaient pas vietnamiens, c'était un petit animal sauvage et malveillant, un chat singulièrement mystérieux, impénétrable[15]."

Il n'avait peur de rien et ne se faisait jamais attraper quand il gagnait d'autres pièces. Jack finit par le voir comme la réincarnation de Sun Tzu, l'auteur de *L'Art de la guerre*, "Intelligent, hardi, rusé, féroce [...], une version viêt-cong du philosophe-guerrier chinois, dans un corps de chat [...]. Pour un chat encore jeune, il était fort, indépendant, irascible. Sereinement combatif. Un guerrier zen à la robe blanche [...], dont la témérité faisait aussi le charme [...]. Parcourant la corniche de l'hôtel, s'attaquant à plus grand que lui, tendant ses pièges avec une redoutable malice, il risquait sa vie avec l'insouciance désinvolte de ceux qui se pensent invincibles [...]. Il n'était jamais nerveux et ne gaspillait jamais son énergie. Ses mouvements étaient souples et mystérieux[16]".

Quand il adopta Mèo, Jack eut le sentiment de défendre la vie dans une situation où elle était broyée à très grande échelle :

> En donnant un toit et de la nourriture à ce chat, je défendais une vie, aussi petite et insignifiante fût-elle, en plein massacre. Je n'en avais pas conscience. Comme j'étais jeune, je ne m'appesantissais pas sur les motifs de mes actes. J'avais l'impression que c'était ce qu'il fallait faire à ce moment-là. Même si Mèo et moi, nous nous considérions réciproquement comme des ennemis, d'une étrange façon, nous étions désormais liés par notre simple fréquentation, une sorte de sécurité dans l'adversité. Quand je quittais un champ de bataille pour regagner la chambre et que je l'entendais bouger dans son bunker, s'abreuver au robinet de la salle de bains ou faire tomber quelque chose du bureau, j'avais le sentiment de rentrer au bercail, d'être chez moi, en sécurité. Ses attaques injustifiées devinrent moins fréquentes et moins féroces, plutôt de l'ordre

du rituel. Nous nous étions tirés d'affaire ensemble à Hué, et cela nous avait probablement liés. M'occuper de lui était une petite mission qui me changeait de toutes les horreurs de mes reportages[17].

Quand il rentra chez lui au mois de mai 1968, Jack fit suivre Mèo dans la soute d'un autre avion. Si Mèo était resté à Saigon, il aurait sûrement connu le même sort que tant d'autres victimes animales de la guerre – ce nombre inconnu de chiens, de singes, de buffles d'Asie, d'éléphants, de tigres et autres félins tués lors du conflit. Si le Viêt-cong lançait une nouvelle offensive, la nourriture viendrait à manquer. Mèo risquait bien de finir en ragoût. Jack l'avait donc emmené au zoo de Saigon, alors presque désert étant donné qu'une partie des animaux étaient morts de faim pendant la dernière offensive et qu'il n'y avait quasiment plus de visiteurs. Là-bas, Mèo reçut les vaccins requis pour être déclaré sain et autorisé à voyager. Quelques jours plus tard, il embarqua pour les trente-six heures de vol, s'égosillant et se débattant jusqu'à New York. Quand Jack le récupéra et le relâcha dans sa voiture, il bondit sur le tableau de bord et se percha sur son épaule, humant les alentours et observant la circulation. À son arrivée chez la mère de Jack, dans le Connecticut, il consomma une boîte de thon américain.

Mèo s'acclimata parfaitement à son nouveau domicile, faisant fuir les autres chats, s'adonnant à la chasse, attaquant les adultes inconnus, mais jouant délicatement avec les enfants du quartier. La maisonnée s'adapta elle aussi à sa présence. Comme le bruit de l'aspirateur le terrifiait, peut-être parce qu'il croyait entendre un tank ou un avion, personne ne l'utilisait quand il était dans les parages. Après une première attaque, la femme de ménage rendit son tablier. Quand Mèo disparut, la mère de Jack le chercha pendant plusieurs jours, jusqu'à ce qu'elle le retrouve dans une boîte au fond du garage, où il s'était miraculeusement faufilé après avoir été gravement blessé par une voiture.

Le vétérinaire avait peu d'espoir. L'épaule en miettes, Mèo avait besoin d'une opération coûteuse, en clinique. Mais après six semaines d'hospitalisation, il retourna chez la mère de Jack, où il inspecta ses recoins favoris et reprit sa vie de grimpettes aux arbres, de siestes au soleil et de parties de chasse. Il continuait de se rétablir quand une crise de pneumonie, signalée par de violents éternuements et un manque d'appétit, le renvoya à l'hôpital pour trois semaines supplémentaires. On lui procura des friandises prohibées et les soignants se montrèrent aux petits soins. Cette fois, la guérison fut complète, bien qu'il eût tendance à éternuer jusqu'à la fin de sa vie.

Une fois guéri, Mèo quitta le Connecticut pour rejoindre Jack dans un studio qu'il partageait avec sa compagne, Joy, dans un immeuble en grès rouge du quartier de Manhattan. En 1970, Jack retourna passer un mois au Viêtnam et Mèo sembla se languir de lui. À son retour, Mèo l'ignora. Il renifla longuement son bagage, comme si cette odeur lui rappelait quelque chose. Jack lui offrit un jouet rapporté de Saigon, mais il s'en détourna et regagna son bunker pour y passer le reste de l'après-midi. Pourtant, le soir même, aux dires de Joy, Mèo monta sur le lit, s'assit près de la tête de Jack et passa des heures à le dévisager dans son sommeil.

De retour en Amérique, Jack se remémorait sa mission au Viêtnam avec horreur et agitation. Il noya ses cauchemars dans l'alcool et les médicaments. Au début des années 1970, New York devenait dangereuse et il avait parfois l'impression d'être à nouveau dans une zone de combats. Quand un poste se libéra à Londres, il présenta sa candidature. Mèo suivit Jack et Joy jusqu'à la capitale anglaise, où le couple eut deux filles. Il dut passer six mois en quarantaine, une épreuve qu'il n'oublia ni ne pardonna jamais, malgré les visites régulières de Jack et Joy. Quand il revint vivre avec eux, il se montra plus farouche que par le passé, rôdant nerveusement dans leur nouvel appartement. Il arrivait qu'il se crispe ou tremble dans son sommeil, "comme [...] en lutte avec des spectres[18]".

Après un temps d'adaptation, Mèo connut une vie de confort et de sécurité chez Jack, Joy, et leurs deux enfants. L'une de leurs filles, Jessica, lui donnait des friandises entre les repas et il dormait à ses côtés le soir. Voyant désormais Jack comme un vieil ami, il léchait les gouttes de whisky que celui-ci lui tendait du bout des doigts juste avant d'aller se coucher. Mèo vécut jusqu'en 1983, quand une deuxième crise de pneumonie s'avéra fatale. Jack se dit qu'il eût préféré un climat plus doux. C'étaient l'Angleterre et sa pluie qui l'avaient achevé.

Il se souvient de Mèo

> seul dans la nuit, errant à l'autre bout de l'appartement, poussant un cri différent de tous les autres, différent de tout autre bruit animal que j'eus jamais entendu. On eût dit l'appel d'un animal arraché au monde sauvage, à son habitat ou à sa famille. Il semblait mugir, hurler de toutes ses forces ; ce n'était pas un feulement ni un miaou ni aucun de ces cris que les chats poussent habituellement, mais un appel du plus profond de son âme, la plainte de la forêt. Mèo ne poussait ce hurlement que dans le silence, souvent quand tout le monde était endormi et qu'il se croyait seul. Cet appel n'était lancé qu'à lui-même[19].

Tandis que Mèo l'intrépide voyageait de par le monde, l'humanité poursuivait sa course hasardeuse. Peu de temps après son départ du Viêtnam, la belle et antique ville de Hué fut complètement rasée. Dans la presse, un major de l'armée américaine déclara sous couvert d'anonymat : "Il fallait la détruire pour la sauver." Lors de ce qu'on appellerait "le massacre de Hué", des milliers d'habitants (le chiffre exact est inconnu) furent tués par les forces nord-vietnamiennes. Les Américains utilisèrent l'agent Orange, un défoliant qui détruisit les forêts (l'abri d'innombrables espèces animales) et causa des anomalies génétiques chez les humains. Plus de 58 000 soldats américains perdirent la vie dans ce conflit. Environ 2 millions de civils vietnamiens furent tués. Beaucoup d'autres furent blessés, mutilés et traumatisés.

Pris dans les tourbillons brumeux de l'histoire, Mèo vécut sa vie, joyeuse et féroce. Déraciné sous le coup de la folie humaine, il s'épanouit partout.

Jack conclut :

> Je crois que nous avions finalement un respect mutuel pour nos talents de survivants. Comme cela faisait clairement très longtemps qu'il n'avait plus qu'une seule vie à vivre, chaque nouvelle journée était un bonus. Et puis, il avait l'allure d'un sage. Il savait. Nous étions devenus des amis. Notre longue histoire de haine et d'amour avait fini par symboliser, quelque part, le lien entre nos pays, tous deux couverts du sang de l'autre, à jamais réunis dans l'étreinte de la vie, de la souffrance et de la mort[20].

Comment les chats domestiquèrent les humains

Jamais les chats ne furent domestiqués par les humains. Un type de chat particulier (*Felis silvestris*, un petit chat robuste et tigré) prospéra dans le monde entier en apprenant à vivre avec eux. Les chats domestiques d'aujourd'hui sont les descendants d'une branche particulière de cette espèce, *Felis silvestris lybica*, qui se mit à cohabiter avec les humains il y a quelque 12 000 ans, dans certaines régions du Proche-Orient faisant désormais partie de la Turquie, de l'Irak et d'Israël. En envahissant des villages situés dans ces zones, ce félin parvint à aiguiller les humains vers une vie plus sédentaire, à son avantage. Comme il chassait les rongeurs et d'autres animaux attirés par les réserves de graines et de céréales tout en chapardant les restes des animaux abattus pour être mangés, il transforma les zones d'habitation en sources de nourriture fiables.

De récentes découvertes montrent que l'histoire suivit le même cours en Chine, indépendamment, il y a environ 5 000 ans, quand une variété de *Felis silvestris* propre à l'Asie centrale adopta une stratégie semblable. Les chats se rapprochèrent tant des humains qu'on leur reconnut bientôt une utilité. Prendre des chats afin qu'ils chassent les nuisibles des fermes et des navires devint chose courante. Embarqués officiellement (en tant que prédateurs), clandestinement ou accidentellement, les chats gagnèrent des régions du monde où ils n'avaient encore jamais vécu. De nos jours, dans de nombreux pays, il y a plus de chats que de chiens ou toute autre espèce animale partageant la vie domestique des humains[21].

Ce furent les chats qui amorcèrent ce processus de domestication, et qui le contrôlèrent. Contrairement à d'autres espèces qui voulurent se nourrir dans les premières zones d'habitation, les chats vécurent toujours au plus près des humains sans que leur nature sauvage n'en soit grandement changée. Le génome du chat domestique est presque identique à celui de son cousin sauvage. Les espèces domestiques ont les pattes un peu plus courtes et des robes plus variées, mais comme le fait remarquer Abigail Tucker, "Les chats ont si peu changé physiquement depuis qu'ils vivent parmi les êtres humains que, même à l'heure actuelle, les experts sont souvent incapables de faire la différence entre un chat tigré domestique et un chat sauvage. Cela complique de façon significative l'étude de la domestication du chat. Il est pratiquement impossible d'identifier le moment où les chats sont entrés dans la vie des humains en examinant les fossiles anciens, dont l'évolution est infime, même par rapport à aujourd'hui[22]".

Quand ils peuvent sortir, les chats domestiques ont un comportement très similaire à celui des chats sauvages. Bien qu'un chat puisse considérer qu'il a plusieurs chez-lui, le domicile est le repaire où il se nourrit, dort et met bas. Son territoire, plus grand chez le mâle que chez la femelle, est clairement délimité et il est prêt à le défendre en cas de nécessité. Le chat domestique présente un cerveau plus petit que celui de son homologue sauvage, mais il n'en est pas moins intelligent ou capable de s'adapter. La partie légèrement atrophiée étant celle du réflexe d'attaque ou de fuite, le chat domestique peut gérer des situations qui seraient stressantes en milieu sauvage, comme croiser des humains et des chats inconnus.

Si les chats furent acceptés par les humains, c'est entre autres parce qu'ils contribuaient à réduire la population de rongeurs. Les chats mangent des rongeurs et, il y a 5 000 ans, ils se nourrissaient déjà de souris qui avaient mangé des céréales stockées par les humains. Pourtant, il existe de nombreux environnements au sein desquels les chats et les rongeurs ne sont pas forcément ennemis, et quand ils entrent en interaction, ils partagent souvent une ressource commune, telle que les déchets domestiques. Les chats ne permettent pas de lutter très efficacement contre les nuisibles. Il se peut que les chats domestiques et les souris des zones habitées aient coévolué, et que celles-ci aient appris à vivre en leur présence. Certaines photographies montrent des chats et des souris partageant le même espace, à seulement quelques centimètres de distance, sans que les chats ne prêtent la moindre attention aux souris[23].

Si les humains laissèrent entrer les chats dans leurs foyers, c'est plus fondamentalement parce que ces derniers surent se faire aimer d'eux. Voilà sur quoi la domestication féline repose au fond. Les chats sont si fascinants qu'on a souvent dit qu'ils venaient d'un autre monde. Les humains ont besoin d'un monde différent du leur, sans quoi ils deviennent fous. L'animisme (la plus ancienne et la plus universelle des religions) répondait à ce besoin en faisant des animaux non humains nos égaux spirituels, voire nos supérieurs. En vouant un culte à ces autres créatures, nos ancêtres pouvaient interagir avec une vie au-delà de la leur.

Depuis qu'ils ont domestiqué les humains, les chats n'ont plus besoin de chasser pour se nourrir. Pourtant, ce sont encore des prédateurs par nature, et quand les humains n'assurent plus leur subsistance, leur instinct reprend vite le dessus. Comme l'écrit Elizabeth Marshall Thomas dans *The Tribe of Tiger: Cats and Their Culture*, "L'histoire des félins est une histoire de viande[24]". Petits ou grands, les félins sont hypercarnivores : en pleine nature, ils ne mangent que de la viande. C'est pourquoi les grands fauves sont si menacés de nos jours.

L'augmentation de la population humaine implique une expansion des zones habitées ainsi qu'un étrécissement des grands espaces. Les félins sont des créatures qui s'adaptent très facilement et prospèrent dans les jungles, les déserts et les montagnes, ainsi que dans les savanes peu boisées. Sur le plan de l'évolution, c'est une famille hautement réussie. Néanmoins, elle est aussi hautement vulnérable. Privés de leur habitat et de leurs ressources alimentaires, les félins sont forcés d'entrer dans des conflits perdus d'avance face aux humains.

Chez les félins, chasser et tuer de quoi se nourrir relève de l'instinct, et quand les petits jouent, ils jouent à la chasse. La viande est nécessaire à la survie des félins. Ils ne peuvent digérer les acides gras vitaux que s'ils viennent de la chair d'autres animaux. La vie sans viande du philosophe moraliste serait la mort des félins.

Leurs méthodes de chasse nous en disent long sur eux. À l'exception des lions, qui chassent en meute, les félins sont des prédateurs solitaires qui suivent leur proie pour lui tendre une embuscade, souvent de nuit. Praticiens du guet-apens, ils ont développé leur agilité et sont prêts à bondir pour se jeter sur de petites proies. Les loups (ancêtres des chiens) chassent de plus grosses proies en constituant des meutes selon des rapports de dominance et de soumission. Il arrive qu'un loup et une louve passent toute leur vie ensemble, et le mâle s'occupe aussi des petits. On ne retrouve aucun de ces comportements lupins chez les félins. Leur nature de chasseurs solitaires détermine la nature de leurs liens.

Il ne faudrait pourtant pas croire que les félins sont toujours seuls. Comment serait-ce possible ? Ils se retrouvent pour s'accoupler, naissent au sein de familles et si les ressources alimentaires sont fiables, ils peuvent cohabiter en nombre. Quand plusieurs félins partagent le même espace de vie, il arrive qu'un dominant prenne le dessus. Les félins s'affrontent parfois violemment pour des questions de territoire et d'accouplement, mais leurs relations n'ont rien de ces hiérarchies figées qui structurent les interactions chez l'humain et chez ses proches cousins. Contrairement aux chimpanzés et aux gorilles, les félins ne produisent pas de mâles alpha ni de chefs. Si nécessaire, ils coopèrent pour satisfaire leurs besoins, mais ils n'intègrent jamais aucun groupe social. Il n'y a aucun équivalent de la meute, du troupeau, de la volée ou de la congrégation chez les félins.

C'est peut-être parce que les félins ne reconnaissent aucun chef que les chats ne se soumettent pas aux humains. Ils refusent d'obéir et ne révèrent pas les êtres humains avec qui ils sont désormais si nombreux à vivre. Même quand ils comptent sur nous, ils conservent leur indépendance. S'ils nous témoignent de l'affection, leur amour n'est pas purement intéressé. Quand ils n'apprécient pas notre compagnie, ils s'en vont. S'ils restent, c'est qu'ils veulent rester avec nous. C'est aussi pour cette raison que nous sommes nombreux à les adorer.

Tout le monde n'aime pas les chats. On les a récemment diabolisés, accusés d'être "un polluant [...] semblable au DDT[25]" et de transmettre des maladies telles que la rage, la toxoplasmose parasitaire et les pathogènes responsables de la peste. Les déjections des oiseaux présentent plus de risques pour la santé humaine, mais très souvent, les chats sont accusés de décimer les oiseaux. Ce qu'on leur reproche, c'est de perturber l'équilibre de la nature. Il est cependant difficile de justifier cette haine des chats d'un point de vue environnemental.

Le risque de maladies peut être contré par des programmes tels que Trap-neuter-return (TNR), très courants aux USA, qui relâchent les chats errants après les avoir fait vacciner et stériliser en clinique. Une clochette ou toute astuce de ce type permet de limiter l'impact sur les oiseaux. Mais pour en venir au fait, il est étrange de stigmatiser une branche spécifique d'une espèce non humaine accusée de détruire la biodiversité, alors qu'en la matière le grand coupable n'est autre que l'animal humain. En tant que chasseurs particulièrement doués, les chats ont peut-être altéré les écosystèmes de certaines régions du monde. Mais ce sont les humains qui sont responsables de l'extinction de masse planétaire qui suit actuellement son cours.

La haine des chats ne date pas d'hier. En France, au début de la période moderne, elle inspira un culte populaire. Les chats étaient de longue date associés au diable et aux forces occultes. Les fêtes religieuses se terminaient souvent par le sacrifice d'un chat brûlé vif ou jeté d'un toit. Parfois, preuve de l'inventivité humaine, on suspendait l'animal au-dessus d'un feu pour le rôtir vivant. À Paris, la coutume voulait que l'on brûle un panier, un tonneau ou un sac rempli de chats vivants, accroché au sommet d'un grand mât. On enterrait des chats vivants sous les planchers des nouvelles maisons, une pratique censée porter chance à leurs habitants[26].

Le premier jour de l'an 1638, dans la cathédrale d'Ely, un chat fut rôti vivant, sur un tournebroche, en présence d'une foule immense et tapageuse. Quelques années plus tard, pendant la Grande Rébellion, qui opposa les royalistes aux parlementaires, ces derniers lâchèrent des chiens dans toute la cathédrale de Lichfield pour qu'ils prennent les chats en chasse. Sous le règne de Charles II, lors des processions antipapistes, on enfermait des chats vivants dans les effigies du souverain pontife avant de les embraser, pour que leurs cris soient du meilleur effet. Dans les campagnes, les jours de foire, une attraction populaire consistait à tirer sur des paniers de chats suspendus en hauteur[27].

Dans certaines villes de France, les chasseurs de chats pimentaient leur numéro en poursuivant leurs proies, préalablement incendiées, à travers les rues. Un autre grand jeu consistait à faire passer un chat de mains en mains pour qu'on lui arrache sa fourrure. En Allemagne, on appelait *Katzenmusik* les hurlements des chats torturés dans ce genre de fêtes. De nombreux carnavals avaient pour final une parodie de procès où des chats étaient roués de coups puis envoyés, demi-morts, à la potence – un spectacle que le public trouvait à mourir de rire. Les chats se faisaient souvent mutiler ou tuer, car ils incarnaient les désirs sexuels interdits. Depuis saint Paul, les chrétiens voyaient le sexe comme un élément perturbateur, voire comme une force démoniaque. C'est peut-être parce que les chats n'ont que faire des morales humaines qu'ils furent associés, à l'époque médiévale, aux femmes ou autres personnes en rébellion contre les interdits sexuels religieux. Dans le contexte de ce genre de théisme, il était presque inévitable que l'on fasse d'eux l'incarnation du mal. En Europe, il n'était pas rare qu'ils soient désignés comme les suppôts de la sorcellerie et qu'on les torture et les brûle aux côtés des sorcières, ou à leur place[28].

La fin de la chasse aux sorcières ne mit aucun terme au calvaire des chats. Le neurologue italien du XIXe siècle Paolo Mantegazza (1831-1910), professeur à l'Istituto di studi superiori de Florence et fondateur de la Société italienne d'anthropologie, puis membre progressiste du Sénat italien, un darwiniste assumé, était persuadé que les races humaines s'étaient hiérarchisées au fil de l'évolution, allant des pires "négroïdes" aux suprêmes "aryens". Ce grand professeur inventa une machine qu'il baptisa joyeusement "le bourreau". Les chats étaient "piqués à l'aide de clous longs et fins", de sorte que le moindre mouvement leur faisait souffrir le martyre, avant d'être écorchés, lacérés, bistournés et rossés jusqu'à ce que la mort les libère enfin. Cet exercice avait pour but d'étudier la physiologie de la douleur. Comme Descartes, qui refusait de renier le dogme religieux voulant que les animaux n'aient pas d'âme, l'éminent neurologue était convaincu que la quête de la connaissance justifiait la torture des animaux. La science venait parfaire les atrocités de la religion[29].

Au fond, il se peut que la haine des chats soit l'expression d'une jalousie. Pour de nombreux êtres humains, la vie est une souffrance passée sous silence. Torturer d'autres créatures est un soulagement, puisque la torture leur inflige des souffrances plus terribles encore. Supplicier les chats est particulièrement satisfaisant, puisqu'ils sont la satisfaction incarnée. La haine des chats est très souvent la haine que des êtres humains submergés de souffrances ont d'eux-mêmes, et qu'ils retournent contre d'autres créatures parce qu'ils savent qu'elles ne sont pas malheureuses.

Alors que les chats vivent selon leur nature, les humains vont contre la leur. C'est, paradoxalement, leur nature. Cela fait aussi le charme éternel de la barbarie. Pour de nombreux êtres humains, la civilisation est une sorte de prison. Régis par la peur, sexuellement frustrés et emplis d'une rage qu'ils n'osent exprimer, ces humains ne peuvent qu'être exaspérés par une créature dont la vie consiste à s'affirmer. Supplicier les animaux leur fait oublier la sombre misère dans laquelle ils se traînent à longueur de journée. Les carnavals du Moyen Âge, où les chats étaient brûlés vifs et torturés, étaient des festivités pour dépressifs.

On reproche aux chats leur indifférence manifeste envers ceux qui les choient. Nous leur offrons le couvert et le toit, mais ils ne nous considèrent ni comme leurs propriétaires ni comme leurs maîtres et ne nous offrent rien en retour, si ce n'est leur compagnie. Quand nous les traitons avec respect, ils s'attachent à nous, mais nous ne leur manquerons pas quand nous ne serons plus des leurs. Sans notre aide, ils reviennent vite à l'état sauvage. Bien qu'ils se soucient manifestement peu de l'avenir, ils semblent destinés à nous survivre. Après avoir envahi la planète grâce aux navires que les humains utilisaient pour étendre leur territoire, les chats pourraient bien être encore là quand les humains et tous leurs ouvrages auront depuis longtemps disparu de la surface de la Terre.

II

POURQUOI LES CHATS N'ONT AUCUN MAL À ÊTRE HEUREUX

Quand les humains disent qu'ils vivent pour trouver le bonheur, ils vous disent leur misère. Envisageant le bonheur comme un projet, ils espèrent le mener à bien tôt ou tard. Le présent leur échappe, et l'angoisse s'insinue. Ils craignent d'être empêchés dans leur progression vers cet état futur. Alors ils se tournent vers la philosophie et, de nos jours, vers la thérapie, censées les soulager de leur inquiétude.

Sous ses airs de remède, la philosophie est un symptôme du trouble qu'elle prétend soigner. Les autres animaux n'ont pas besoin de se divertir pour oublier leur condition. Tandis que le bonheur, chez les humains, relève de l'artifice, il constitue l'état naturel des chats. À moins d'être enfermé dans un environnement inadapté, un chat ne s'ennuie jamais. L'ennui, c'est la peur de se retrouver seul avec soi-même. Les chats sont heureux en étant eux-mêmes, tandis que les humains essaient d'être heureux en s'échappant d'eux-mêmes.

C'est en cela que les chats diffèrent fondamentalement des humains. Comme le comprit le pionnier de la psychanalyse, Sigmund Freud, un étrange sentiment de misère participe de la nature humaine. Freud n'expliqua jamais ce mal, pas plus qu'il ne crut la psychanalyse susceptible d'y remédier. De nos jours, d'innombrables méthodes promettent notre délivrance. Ces thérapies et les outils qu'elles proposent permettent peut-être de mieux vivre en société. Elles ne peuvent débarrasser l'homme de l'inquiétude qui fait partie de la nature humaine. C'est pourquoi tant d'humains aiment la compagnie des chats. Les ailurophiles sont souvent accusés d'anthropomorphisme (le fait de prêter des émotions humaines à des animaux qui ne peuvent les éprouver). Mais si les amoureux des chats aiment les chats, ce n'est pas parce qu'ils se reconnaissent en eux. Ils aiment les chats parce que les chats sont vraiment différents d'eux.

Contrairement aux chiens, les chats ne sont pas devenus en partie humains. Ils interagissent avec nous et finissent parfois par nous aimer à leur façon, mais au plus profond de leur être, ils sont absolument autres. Infiltrés dans le monde humain, ils nous ouvrent une perspective. Ainsi tirés du piège de nos propres pensées, nous pouvons apprendre, grâce à eux, pourquoi notre quête fébrile du bonheur est vouée à l'échec.

Quand les philosophes parlent du bonheur

La philosophie a rarement pris la forme d'une question complètement ouverte. Au Moyen Âge, elle était au service de la théologie. Actuellement, elle s'applique à démêler les préjugés de la bourgeoisie universitaire. À l'origine, elle avait pour but d'enseigner la tranquillité.

Parmi les philosophes de l'Antiquité, les épicuriens croyaient pouvoir atteindre le bonheur en bridant leurs désirs. De nos jours, quand on évoque l'épicurisme on se figure une personne appréciant la bonne chère, le vin et les autres plaisirs de ce monde. Mais les épicuriens de l'époque étaient des ascètes déterminés à réduire drastiquement leurs plaisirs. Le soir, ils se contentaient de manger du pain, du fromage et des olives. Les rapports sexuels étaient tolérés dans le cadre d'une sexualité à visée hygiénique, utilisée comme remède à la frustration et dépourvue de toute infatuation ou de ce que nous appellerions aujourd'hui l'amour romantique, amour qui ne pouvait que troubler la paix de leur esprit. Pour la même raison, ils renonçaient à toute forme d'ambition ou d'engagement politique. Se retirer dans l'enceinte tranquille d'un jardin bien cultivé devait les protéger de la douleur et de l'angoisse, et leur permettre d'atteindre l'ataraxie.

En certains points, Épicure rejoint Bouddha. Ils promettent l'un comme l'autre que l'homme sera libéré de la souffrance s'il renonce à ses désirs. Mais Bouddha est plus réaliste, car il admet que cet objectif ne peut être véritablement atteint qu'en descendant du manège de la vie et de la mort – en d'autres termes, en arrêtant d'exister en tant qu'individu distinct. Les êtres humains éclairés font parfois l'expérience d'une forme de béatitude au cours de leur vie, mais ils ne peuvent être libérés de la souffrance qu'à l'issue du cycle des réincarnations.

Si l'on accepte le mythe de la réincarnation, cette histoire n'est pas inintéressante. La vision épicurienne est plus difficile à prendre au sérieux. Pour Épicure et ses disciples, l'univers est un chaos d'atomes flottant dans un vide. Il se peut que les dieux existent, mais nous ne leur inspirons que de l'indifférence. La tâche des êtres humains consiste à tarir les sources de souffrance qu'ils ont en eux. Jusque-là, l'épicurisme ressemble fort au bouddhisme. La différence est que la libération qu'Épicure est en mesure de promettre ne concerne que les souffrances provenant de croyances erronées et de désirs excessifs. La mort peut être accueillie avec acceptation, comme le fit Épicure lui-même, qui continua de vivre dans la joie et d'enseigner jusqu'à ce que la maladie lui soit fatale. Mais on ne sait pas vraiment ce qu'Épicure pourrait dire à ceux qui souffrent éternellement de la faim et de l'exploitation, de la persécution ou de la pauvreté.

La retraite épicurienne est un luxe que l'on ne peut s'offrir qu'à certaines époques et en certains endroits, quand on a la chance d'en avoir les moyens. Cela n'a jamais été le cas de la majorité des êtres humains, et ne le sera jamais. Quand de telles retraites virent le jour, elles furent le refuge de quelques privilégiés avant d'être ravagées par les guerres et les révolutions. Plus fondamentalement, la limite de la philosophie épicurienne est la pauvreté spirituelle de la vie qu'elle recommande. Sa conception du bonheur est neurasthénique. Comme dans une maison de convalescence, il est interdit de faire le moindre bruit. C'est le calme plat. Mais alors la vie se fige, presque vidée de toute joie.

Le philosophe hispano-américain George Santayana dévoile cette pauvreté dans sa discussion du philosophe-poète romain Lucrèce, qui expose la vision d'Épicure dans son poème *De la nature des choses* :

> Chez Lucrèce, [...] très peu de choses sont considérées comme véritablement utiles ou accessibles : assez de connaissances en sciences naturelles pour se libérer de la superstition et garantir cette liberté, l'amitié, et quelques plaisirs charnels abordables et sains. Pas d'amour, pas de patriotisme, pas d'ambition, pas de religion[1].

Les épicuriens espèrent atteindre la tranquillité en réduisant le nombre des plaisirs jusqu'à ce qu'il ne reste (s'imaginent ces sages) que quelques joies appréciables en toute circonstance. Les stoïciens visent le même objectif, par un autre moyen. Grâce au contrôle de la pensée, croient-ils, tout ce qui nous arrive peut devenir acceptable. Le cosmos est le règne du Logos (la raison). Quand nous avons le sentiment de vivre un désastre, c'est que nous n'avons pas compris que ces choses font partie de l'ordre cosmique. Pour trouver la tranquillité, il faut s'identifier à cet ordre. Acquittés de cette tâche, nous pouvons être satisfaits de jouer notre rôle dans l'ordre des choses.

La philosophie stoïque avait des adeptes issus de diverses catégories sociales, chez les esclaves comme chez les dirigeants. Les *Pensées* de Marc Aurèle (121-180 apr. J.-C.) permettent de se faire une idée de son usage. Journal méditatif d'un empereur qui s'exhorte à accepter sa place en ce monde et à faire son devoir, les *Pensées* sont empreintes de lassitude. Marc Aurèle s'encourage à voir les choses ainsi :

> Comme tout s'évanouit promptement : les corps eux-mêmes dans le monde, et leur souvenir dans la durée ! Tels sont tous les objets sensibles, et particulièrement ceux qui nous amorcent par l'appât du plaisir, qui nous effraient par l'idée de la douleur, ou bien qui nous font jeter des cris d'orgueil. Que tout cela est vil, méprisable, abject, putride et mort, aux yeux de la raison qui peut s'en rendre compte ! Que sont donc ceux dont l'opinion et la voix donnent la célébrité ? Qu'est-ce que mourir ? Si l'on envisage la mort en elle-même, et si, divisant sa notion, on en écarte les fantômes dont elle s'est revêtue, il ne restera plus autre chose à penser, sinon qu'elle est une action naturelle[2].

Loin d'affirmer la vie, Marc Aurèle adopte une posture d'indifférence. En se figurant les choses selon un schéma rationnel dont il constitue un élément nécessaire, il s'efforce de s'accommoder du malheur et de la mort. L'empereur philosophe pensait qu'en trouvant un ordre rationnel intérieur, il serait sauvé de l'angoisse et du désespoir. Car il n'y a pas que l'univers qui soit rationnel : ce qui est rationnel est juste et bon. Dans cette harmonie fictive, Marc Aurèle espérait trouver la paix.

Pour Marc-Aurèle, la raison requiert une abdication volontaire de la volonté. Il en résulte une funèbre célébration de l'endurance et de la résignation. Le philosophe-empereur rêverait d'être une statue figée dans le silence d'un mausolée romain. Mais la vie le ramène à la réalité, l'obligeant à reprendre tout le tissage de son voile philosophique.

Le poète et essayiste russe Joseph Brodsky écrit :

> Dans l'Antiquité, la philosophie n'était pas un produit dérivé de la vie, c'était l'inverse [...]. Peut-être devrions-nous pour l'instant nous passer du mot "philosophie" lui-même, car le stoïcisme, en particulier dans sa version romaine, ne devrait pas être défini comme l'amour du savoir. Il s'agissait plutôt d'une épreuve d'endurance à l'échelle d'une vie [...][3].

S'acquittant sombrement de ses devoirs d'empereur (un rôle que le cosmos lui a confié, se plaît-il à croire), Marc Aurèle trouve son compte dans la contemplation de sa propre tristesse.

Les stoïciens admettent que même le plus sage des philosophes ne peut endurer la pire des douleurs. Auquel cas le suicide est autorisé. Marc Aurèle le déconseille aux hommes investis d'une responsabilité publique, tout en acceptant que l'on puisse mettre fin à ses jours quand les circonstances rendent toute existence rationnelle impossible.

Philosophe, homme d'État et dramaturge stoïcien, Sénèque va encore plus loin, considérant qu'il suffit d'avoir assez vécu pour que le suicide soit raisonnable. Il demande à l'un de ses jeunes disciples :

> Qu'avez-vous encore à attendre ? Vous avez épuisé tous les plaisirs qui vous retiennent attaché ; il n'y en a plus de nouveau pour vous, ni même qui ne vous donnent du dégoût. Vous connaissez parfaitement la sève du vin et de la malvoisie. Qu'importe-t-il qu'il vous en passe encore cent ou mille barils dans le ventre ? [...] Il en va de notre vie comme d'une comédie : on ne regarde pas si elle a été longue, mais si elle a été bien représentée. Il n'importe en quel lieu vous finissiez ; finissez où vous voudrez, pourvu que vous fassiez une bonne fin[4].

Sénèque mourut de sa propre main, bien que ce geste ne relevât point de sa volonté. Accusé d'être impliqué dans la machination d'un complot parricide contre Néron, il fut contraint de se donner la mort, sur ordre de l'empereur. Selon l'historien romain Tacite, Sénèque obéit et s'ouvrit les veines. Mais comme le sang s'écoulait trop lentement, il prit du poison. Cette méthode échouant également, des soldats le placèrent dans un bain chaud, où il finit par suffoquer.

En tant qu'art de vivre, l'ataraxie est une illusion. Les épicuriens veulent simplifier leur vie à l'extrême afin de n'en garder que quelques plaisirs inaliénables. Mais quoi qu'ils fassent, la tourmente de l'histoire n'épargne pas leur paisible jardin. Le sage stoïque soutient que si nous ne pouvons pas contrôler le cours des événements, nous pouvons contrôler notre vision des choses. Mais cette marge de manœuvre est très étroite. Une fièvre, une mouche tsé-tsé ou une expérience traumatique peuvent déstabiliser l'esprit le temps d'un instant déterminant, ou à tout jamais. Les disciples de Pyrrhon tentent d'établir un équilibre intérieur en suspendant leur jugement. Mais le doute sceptique ne peut bannir le trouble qui est le lot des êtres humains.

Même si l'ataraxie nous était accessible, elle nous plongerait dans une léthargie. Heureusement, en pratique, les humains ne peuvent supporter la torpeur très longtemps.

Pascal et le divertissement

Toutes ces philosophies ont un défaut commun. Elles imaginent que la raison humaine peut ordonner la vie. Soit l'esprit peut concevoir un mode de vie d'où toute perte est exclue, soit il peut contrôler les émotions de manière que toute perte soit supportable. En réalité, ni notre mode de vie ni les émotions qui nous traversent ne peuvent être contrôlés de la sorte. Nos vies sont le fruit du hasard, et nos émotions celui de notre corps. Une grande partie de la vie humaine (et de la philosophie) consiste à se divertir pour essayer d'oublier cette réalité.

Le divertissement est une thématique centrale dans les écrits de Blaise Pascal, scientifique, inventeur, mathématicien et penseur religieux du XVIIe siècle. Celui-ci écrit :

> *Divertissement.* Les hommes n'ayant pu guérir la mort, la misère, l'ignorance, ils se sont avisés, pour se rendre heureux, de n'y point penser[5].

Pascal s'explique :

> Quand je m'y suis mis quelquefois à considérer les diverses agitations des hommes et les périls et les peines où ils s'exposent dans la Cour, dans la guerre, d'où naissent tant de querelles, de passions, d'entreprises hardies et souvent mauvaises, j'ai dit souvent que tout le malheur des hommes vient d'une seule chose, qui est de ne savoir pas demeurer en repos dans une chambre. Un homme qui a assez de bien pour vivre, s'il savait demeurer chez soi avec plaisir, n'en sortirait pas pour aller sur la mer ou au siège d'une place [...]. Mais quand j'ai pensé de plus près et qu'après avoir trouvé la cause de tous nos malheurs j'ai voulu en découvrir les raisons, j'ai trouvé qu'il y en a une bien effective, qui consiste dans le malheur naturel de notre condition faible et mortelle, et si misérable que rien ne peut nous consoler lorsque nous y pensons de près. [...] L'unique bien des hommes consiste donc à être divertis de penser à leur condition ou par une occupation qui les en détourne, ou par quelque passion agréable et nouvelle qui les occupe, ou par le jeu, la chasse, quelque spectacle attachant, et enfin par ce qu'on appelle divertissement[6].

Les humains se divertissent en usant de leur imagination :

> *Imagination.* C'est cette partie dominante dans l'homme, cette maîtresse d'erreur et de fausseté [...]. Je ne parle pas des fous, je parle des plus sages, et c'est parmi eux que l'imagination a le grand droit de persuader les hommes. La raison a beau crier, elle ne peut mettre le prix aux choses.
>
> Cette superbe puissance ennemie de la raison, qui se plaît à la contrôler et à la dominer, pour montrer combien elle peut en toutes choses, a établi dans l'homme une seconde nature. Elle a ses heureux, ses malheureux, ses sains, ses malades, ses riches, ses pauvres. Elle fait croire, douter, nier la raison. Elle suspend les sens, elle les fait sentir. Elle a ses fous et ses sages.

> [...] L'imagination dispose de tout ; elle fait la beauté, la justice et le bonheur qui est le tout du monde[7].

Montaigne parle aussi du divertissement. Mais tandis que Pascal le rejette en tant qu'il fait obstacle au salut, Montaigne l'envisage volontiers comme un remède naturel à la souffrance :

> Je fus autrefois touché d'un puissant déplaisir, selon ma complexion, et encore plus juste que puissant ; je m'y fusse perdu à l'aventure si je m'en fusse simplement fié à mes forces. Ayant besoin d'une véhémente diversion pour m'en distraire, je me fis, par art, amoureux, et par étude, à quoi l'âge m'aidait. L'amour me soulagea et retira du mal qui m'était causé par l'amitié. Partout ailleurs de même : une aigre imagination me tient ; je trouve plus court, que de la dompter, la changer [...]. Si je ne puis la combattre, je lui échappe, et en la fuyant je fourvoie, je ruse : muant de lieu, d'occupation, de compagnie, je me sauve dans la presse d'autres amusements et pensées, où elle perd ma trace et m'égare. Nature procède ainsi par le bénéfice de l'inconstance [...][8].

Montaigne venait de perdre son grand ami, le juge et penseur du politique français Étienne de La Boétie (1530-1563), à qui il consacra un célèbre essai[9]. Il surmonta la mélancolie qui s'ensuivit en écoutant la "Nature".

En matière de divertissement, l'homme et le chat sont comme le jour et la nuit. Ne s'étant fait aucune image d'eux-mêmes, les chats n'ont pas besoin de se divertir pour oublier qu'un jour leur existence prendra fin. En conséquence, ils vivent sans jamais craindre que le temps passe trop vite ou trop lentement. Quand un chat n'est pas en train de chasser, de chercher à se reproduire, de manger ou de jouer, il dort. Aucune angoisse intime ne le force à se trouver constamment des activités. Il se peut que les chats rêvent dans leur sommeil. Mais il n'y a aucune raison de penser qu'ils rêvent d'un autre monde, et quand ils ne sont pas endormis, ils sont parfaitement réveillés. Arrive peut-être un moment où ils se savent à l'article de la mort, mais ils ne passent pas leur vie à redouter ce moment.

Montaigne et Pascal admettent tous deux que la philosophie ne peut divertir l'animal humain de sa misère. Leur désaccord porte sur la signification de cette misère. Tandis que Montaigne pense que les autres animaux sont à certains égards supérieurs aux humains, Pascal voit la misère humaine comme un signe de la supériorité des humains sur tous les autres animaux : "La grandeur de l'homme est grande en ce qu'il se connaît misérable ; un arbre ne se connaît pas misérable. C'est donc être misérable que de se connaître misérable, mais c'est être grand que de connaître qu'on est misérable. [...] Ce sont misères de grand seigneur. Misères d'un roi dépossédé[10]." Quand Montaigne se tourne vers la nature, Pascal se tourne vers Dieu.

Dans sa courte vie, Pascal accomplit des exploits intellectuels stupéfiants. Avant de mourir en 1662, âgé de trente-neuf ans, il construisit certaines des premières machines à calculer (ce qui explique qu'un langage de programmation du XXe siècle porte son nom) et nous lui devons de grandes avancées dans le domaine des probabilités. Il conçut également le premier réseau de transport en commun urbain (un système de bus tirés par des chevaux utilisé un certain temps dans Paris), ainsi qu'un ancêtre de la roulette. Il est à juste titre considéré comme l'un des fondateurs de la science moderne. Mais sa principale préoccupation avait trait à la religion.

Le 23 novembre 1654, il eut une révélation mystique, faisant l'expérience directe de ce Dieu qui jusqu'alors était resté caché de lui, et cet épisode devint le tournant de sa vie. Il fit le récit de son expérience sur un petit bout de papier, puis sur un morceau de parchemin, qu'il porta sur lui jusqu'à la fin de ses jours. Cousu dans la doublure de son vêtement et retrouvé après sa mort, ce texte peut être lu comme l'une de ses *Pensées*[11].

Les dernières années de Pascal furent douloureuses. Il s'était tourné vers le jansénisme, un courant du catholicisme condamné par le pape, et quand son éternelle mauvaise santé se dégrada fatalement, il reçut des traitements vains et douloureux de la part de médecins incompétents, puis se vit refuser la consolation du sacrement jusqu'à sa dernière heure, ou peu s'en fallut. Après une lente agonie, il mourut le 19 août 1662 et ses derniers mots furent : "Que Dieu ne m'abandonne jamais."

Pascal consacra une grande partie des *Pensées* à sa réfutation du scepticisme de Montaigne. Il comptait montrer que l'angoisse chronique dont souffrent les êtres humains signifie qu'ils ne sont pas faits pour vivre en ce monde. Les humains ont tort d'admirer d'autres animaux : "Il est dangereux de trop faire croire à l'homme combien il est égal aux bêtes, sans lui montrer sa grandeur. Et il est encore dangereux de lui trop faire voir sa grandeur sans sa bassesse[12]." Le pire étant de leur vouer un culte : "Bassesse de l'homme jusqu'à se soumettre aux bêtes, jusques à les adorer[13]."

Pour Pascal, le mal-être de l'homme désigne un au-delà. Pour Montaigne, il vient d'un défaut de l'animal humain. Sur ce point, je rejoins Montaigne. Les humains sont des créatures intérieurement divisées qui consacrent l'essentiel de leur vie à des activités de substitution. Les peines qu'ils partagent avec leurs cousins les animaux sont accentuées par leur pensée, qui revient constamment sur elle-même. C'est cette conscience de soi réflexive qui génère la misère propre à l'animal humain.

Comme Montaigne, Pascal riait de l'idée que la raison puisse fournir un remède à la condition humaine. Néanmoins, il était bel et bien persuadé qu'elle pouvait contribuer à guider les êtres humains vers la foi. Le fameux pari de Pascal explique rationnellement pourquoi il vaut mieux miser sur l'existence de Dieu. Nous ne pouvons pas nous empêcher de jouer, d'une façon ou d'une autre : si nous gagnons, nous remportons le bonheur infini ; si Dieu n'existe pas, nous perdons une vie mortelle finie, si courte qu'elle ne vaut quasiment rien[14].

Cet argumentaire laisse à désirer. Pascal suppose que nous savons déjà sur quel dieu parier. Mais les êtres humains ont adoré bien des divinités, chacune exigeant soumission et obéissance. Si nous parions sur un dieu qui n'existe pas, un autre pourrait nous damner. Nos courtes vies ont-elles décidément si peu de valeur ? Si c'est tout ce que nous avons, elles n'en sont peut-être que plus précieuses.

Il ne faut pas trop prendre au sérieux le recours de Pascal à la raison. La raison guide vers la foi, il en est convaincu, mais il sait qu'elle ne suffit jamais à faire de quiconque un fidèle. Le fondement de toute foi durable, c'est le rituel. Au lieu de réfléchir à la religion, les hommes devraient aller à l'église, au temple ou à la synagogue pour s'agenouiller, rendre grâce et prier tous ensemble. Les êtres humains s'apparentent à des machines, plus qu'ils ne veulent bien l'admettre :

> Car il ne faut pas se méconnaître, nous sommes automate autant qu'esprit. Et de là vient que l'instrument par lequel la persuasion se fait n'est pas la seule démonstration. [...] Les preuves ne convainquent que l'esprit, la coutume fait nos preuves les plus fortes et les plus crues. Elle incline l'automate, qui entraîne l'esprit sans qu'il y pense. Qui a démontré qu'il sera demain jour et que nous mourrons, et qu'y a-t-il de plus cru ? C'est donc la coutume qui nous en persuade. C'est elle qui fait tant de chrétiens [...]. Il faut acquérir une créance plus facile, qui est celle de l'habitude [...][15].

La croyance est une habitude du corps. Si vous cherchez la foi, comportez-vous comme si vous l'aviez déjà trouvée. L'esprit fera bientôt le reste. La pratique rendra votre foi durable.

Le problème est que l'analyse de Pascal justifie également le divertissement. Il écrit : "Le silence éternel de ces espaces infinis m'effraie[16]." Mais céder au manège du monde (suivre l'actualité sportive ou se lancer dans une nouvelle aventure amoureuse) peut être aussi efficace que de pratiquer une religion quand il s'agit de conjurer l'angoisse existentielle. N'importe quel passe-temps fait l'affaire.

Ce qu'il y a de juste chez Pascal, c'est l'idée que le divertissement est une caractéristique proprement humaine. Pour certains, ce qui nous distingue de nos cousins animaux, c'est la fabrication de nos outils. Pour d'autres, c'est la transmission de la connaissance ou le recours au langage. Mais rien de tout cela n'est exclusivement humain. Les castors se construisent des maisons, les corbeaux utilisent des outils pour se procurer de la nourriture, les grands singes forment des cultures où le savoir se transmet de génération en génération. Les hurlements des loups et les chants des baleines sont le bruit de leurs conversations. Le besoin de divertissement, lui, est essentiellement humain.

Le divertissement est un réflexe dû au trait constitutif de l'animal humain : la peur de la mort qui vient de la conscience de soi. Il se peut que les éléphants, ainsi que d'autres animaux, identifient quelque chose de l'ordre de la mort quand elle emporte d'autres spécimens de leur espèce. Mais seuls les humains savent qu'un jour ils mourront eux aussi. Nous sommes incapables de nous figurer notre expérience du temps sans prendre conscience que nous ferons bientôt l'expérience de la mort. Nous passons une grande partie de nos vies à fuir notre propre ombre.

Le refus de la mort et la scission de l'âme humaine vont de pair. Fuyant tout ce qui leur rappelle leur mortalité, les humains refoulent une grande partie de leur expérience vers une région inconsciente de leur être. La vie devient une lutte pour rester dans l'obscurité. N'ayant aucunement besoin de cette obscurité intérieure, les chats sont au contraire des créatures de la nuit qui vivent au grand jour.

Les chats ne prévoient rien : ils prennent la vie comme elle vient. Les humains ne peuvent pas s'empêcher de faire de leur vie une histoire. Mais comme ils ne peuvent pas savoir quel en sera le fin mot, la vie contrecarre leur tentative de mise en récit. Leur vie dépend donc *in fine* du hasard, comme celle des chats.

Les humains se distinguent des autres animaux en ce qu'ils font des provisions considérables pour leur futur. Grâce à l'agriculture et à l'industrie, ils dépendent moins des saisons et des variations météorologiques. En conséquence, ils vivent plus longtemps qu'auparavant. Mais leur mode de vie reste fragile.

Nous sommes nombreux à croire que la civilisation moderne qui se développe depuis une centaine d'années va perdurer, alors même que le changement climatique et la pandémie mondiale font de ce monde un milieu différent, plus dangereux. L'humain s'adaptera sans doute d'une façon ou d'une autre. Mais la nature de ces ajustements reste floue. Les types de sociétés qui existent actuellement prendront-ils de nouvelles formes ? Ou bien les institutions du passé, comme le féodalisme ou l'esclavage, seront-elles rétablies et maintenues grâce aux nouvelles technologies ? Personne ne peut se prononcer. L'avenir de la vie humaine sur Terre est aussi incertain que ce qui nous attend après la mort (si tant est qu'il y ait quoi que ce soit).

Certains penseurs de l'époque moderne s'imaginaient que l'on pouvait reconstruire la société afin que les êtres humains atteignent le bonheur qu'ils considéraient désormais comme leur dû. D'autres voyaient cette idée d'un œil sceptique, comme l'intellectuel anglais du XVIIIe siècle Samuel Johnson (1709-1784), romancier, biographe et lexicographe passé maître dans l'art de la conversation.

Né d'un père libraire, Johnson fut d'abord un enfant souffreteux que l'on s'apprêtait à perdre. Il développa très vite des tics faciaux et corporels, ce qui pousserait certains biographes à conclure qu'il souffrait du syndrome de la Tourette. Souvent endetté, toujours à manquer d'argent, il fit ses études au Pembroke College d'Oxford, mais il n'apprit pas grand-chose et n'obtint aucun diplôme. En 1735, il épousa la veuve d'un ami proche, Henry Porter, riche marchand de Birmingham. Elizabeth "Tetty" Porter ayant plus de vingt ans d'écart avec Johnson, leur relation fit le regret de sa famille et la surprise de ses amis. Mais cette union qu'il qualifia de "mariage d'amour" semble avoir été heureuse et ne prit fin qu'à la mort de Tetty, en 1752. Celle-ci finança Johnson pour qu'il fonde une école, mais la tentative échoua et il travailla comme écrivain rémunéré à la tâche tout le reste de sa vie. Il parla toujours d'elle avec reconnaissance et affection.

Comme Montaigne, Johnson était un grand amoureux des chats. Il sortait acheter des huîtres qu'il donnait à Hodge, le chat noir qui partageait sa vie, et de la valériane pour soulager l'animal de ses maux quand il était souffrant. Toujours comme Montaigne, mais plus souvent et plus gravement, il était sujet à la mélancolie.

Pour Johnson, il était ridicule de penser pouvoir atteindre le bonheur en réfléchissant au meilleur mode de vie. Comme il l'écrit à son ami et biographe James Boswell :

> La vie est brève et nous perdons trop de temps en délibérations oiseuses sur la manière dont nous entendons la passer ; délibérations qui, commencées par la prudence et continuées par la subtilité, se concluent souvent par le hasard. Préférer un mode de vie à un autre, pour de bonnes et justes raisons, requiert des facultés que notre Créateur n'a pas jugé bon de nous accorder[17].

Johnson s'explique dans *Histoire de Rasselas, prince d'Abyssinie* (1759). Initialement intitulé *Le Choix de la vie*, ce livre est une fable où le fils du roi d'Abyssinie (l'Éthiopie d'aujourd'hui) quitte “la Vallée heureuse”, sa terre natale, pour aller voir d’autres pays.

Rasselas ignorait encore tout de la méchanceté du monde. Il habitait jusqu’alors une version du paradis où tout était calme et beauté. Finissant par se trouver las et mécontent, il voulut comprendre pourquoi. Mais ceux qu’il croisait n’étaient jamais heureux, et les sages qu’il rencontrait ne savaient lui dire comment trouver le bonheur. Devait-il poursuivre sa quête ? Son ami et compagnon de route, le poète Imlac, lui explique en quoi la poursuite du bonheur est la quête d’une chimère :

> — Les causes du bien et du mal, répondit Imlac, sont si variables et si incertaines, elles présentent tant de combinaisons diverses, elles sont si souvent modifiées par des influences extérieures, exposées à tant d’altérations impossibles à prévoir et à éviter, que celui qui voudrait fixer le choix de son état sur des raisons immuables, passerait toute sa vie dans les recherches et les délibérations. [...] Il y a très peu d’hommes, dit le poète, qui vivent selon leur vocation. La plus grande masse des hommes ont embrassé telle carrière, non par goût, mais parce qu’ils ont été forcés de céder à des causes entièrement indépendantes de leur volonté et avec lesquelles ils ne concourent pas toujours sans répugnance [...][18].

À la fin de l’histoire, Rasselas renonce à sa quête et regagne la Vallée heureuse.

Chez Johnson, la certitude que la pensée ne peut soulager du malheur reflète sa propre expérience. Sa santé le préoccupa toute sa vie. Il contracta la scrofule, une infection des ganglions lymphatiques qui était souvent causée par la tuberculose et qui faisait gonfler les glandes. Il perdit en partie la vue. Dans une note autobiographique écrite quand il avait la cinquantaine, il décrit son enfance comme celle d’un “pauvre petit malade, presque aveugle”. La myopie était un sérieux problème pour quelqu'un qui avait fait de l'écrit son métier. Il est l'auteur d'un dictionnaire de la langue anglaise, le travail de presque toute une décennie qui est aussi un chef-d'œuvre de la littérature. Sa gouvernante, Mrs Thrale, raconte que pour lire la nuit, il se penchait sur des bougies qui "brûlaient tous les toupets de ses perruques jusqu'au bonnet".

Bien que Johnson fût un fervent chrétien, sa foi ne lui apporta pas la paix. Toujours sujet à la dépression, il eut souvent peur de perdre la raison. Il avait une chaîne et un cadenas et demandait à Mrs Thrale de l'attacher quand un accès de folie semblait imminent. On a parfois émis l'hypothèse de tendances masochistes, mais il semble plus probable que Johnson ait redouté le déshonneur ou l'éventuel internement auquel le monde l'aurait condamné si son trouble s'était ébruité. Une de ses connaissances, le poète Christopher Smart, avait passé sept ans dans un asile avec pour seul fidèle compagnon son chat Jeoffry, à qui il dédia son célèbre poème à la gloire de ce membre de "la tribu du Tigre[19]".

Johnson redoutait peut-être autant l'internement que la folie elle-même. Mais il vécut vraiment dans la peur quasi constante de la démence, qu'il essayait de conjurer par des rituels obsessionnels compulsifs. Quand il marchait dans les rues de Londres, il touchait chaque poteau du bout de sa canne et s'il en oubliait un, il devait reprendre du début. Quand il était assis, il se basculait d'avant en arrière et se mettait parfois à siffloter. Toujours à marmonner, se parlant à lui-même, il était constamment parcouru de tics verbaux et nerveux. Qu'il ait souffert ou non du syndrome de la Tourette, c'était un homme profondément troublé.

Mais le mal-être de Johnson n'était que la forme exacerbée d'une inquiétude commune à tous les êtres humains. La vie humaine est souvent une succession de tics. Les carrières et les histoires d'amour, les voyages et les changements de philosophie sont les mouvements involontaires d'esprits qui ne tiennent pas en place. Comme le dit Pascal, les êtres humains ne savent pas rester tranquillement assis dans une chambre. Johnson savait qu'il ne tiendrait jamais en place, mais il n'avait pas de remède à son agitation. Comme tout être humain, il était l'esclave de son imagination.

Au chapitre 44 de *Rasselas*, Johnson analyse le redoutable pouvoir de l'imagination et conclut qu'aucun effort de la volonté ne peut la détrôner :

> On peut presque dire, d'une manière absolue, qu'aucun être humain ne se trouve dans une disposition d'esprit parfaite. Il n'y a aucun homme dont la raison ne soit quelquefois dominée par l'imagination, qui puisse toujours régler ses actions selon sa volonté, et dont les idées aillent et viennent à son loisir. Aucun homme n'est assez maître de lui-même pour ne pas se laisser gouverner quelquefois par des idées chimériques qui lui font espérer ou craindre au-delà des limites d'une probabilité raisonnable. Tout empiétement de l'imagination sur la raison est un degré de folie [...][20].

Pour Johnson, la meilleure façon de se divertir des troubles de l'imagination, c'était de s'entourer. Il se faisait des amis dans les bas-fonds de Londres avec autant de facilité que dans la haute société littéraire. Il avait conversé avec le roi George III, mais n'en était pas moins prêt à discuter avec des mendiants sans logis, auxquels il offrait le gîte. C'était l'immersion dans la société, et non la pensée, qui lui permettait de s'échapper de lui-même.

Existe-t-il un autre animal qui ne supporte pas sa propre compagnie ? Ce n'est certainement pas le cas du chat. Les chats passent une grande partie de leur vie dans une solitude qui fait leur contentement. Mais ils peuvent aussi s'attacher à leurs compagnons humains, et les guérir du mal-être morbide que l'homme est incapable de soigner par lui-même. Johnson appréciait cette disposition chez son chat, qu'il présente comme "un très bon chat, vraiment, un très bon chat". Hodge lui offrait quelque chose que la compagnie des humains ne pouvait lui fournir : un aperçu de la vie avant la Chute.

Revisitant le mythe du jardin d'Éden au XVIIIe siècle, la Vallée heureuse de *Rasselas* est un endroit où nul ne peut retourner. Bien sûr, le prince décide de la regagner. Mais le dernier chapitre de ce court roman s'intitule "Conclusion, dans laquelle rien ne se conclut", et il est clair que ni le prince ni la Vallée heureuse ne peuvent être les mêmes qu'avant son départ.

Vivre au paradis n'est possible que si l'on ignore ce que cela fait. Savoir, c'est immédiatement perdre le paradis. Aucun effort de la pensée ne peut vous y ramener, car la pensée (la conscience réflexive de l'homme en tant qu'être mortel), c'est la Chute. Dans le jardin d'Éden, les deux premiers humains sont vêtus de leur ignorance. Devenus conscients d'eux-mêmes, ils prennent conscience de leur nudité. La pensée réflexive est le don du serpent que l'on ne peut pas rendre.

Cet écrivain du XVIIIe siècle voyait le paradis comme un état dans lequel son esprit ne serait pas tourmenté par ses pensées. Mais Johnson savait que chez lui, se tourmenter était une maladie congénitale. Le "pauvre petit malade" ne serait jamais guéri : il ne pouvait que s'échapper de lui-même. Il s'immergea donc dans la société. Les grandes conversations de cet esprit brillant, que nous tenons de Boswell, étaient une façon pour Johnson de fuir ses propres pensées. Pourtant, Johnson ne pouvait pas se contenter du divertissement, il avait besoin d'autre chose, d'une chose que seul son compagnon félin pouvait lui apporter. Quand il entendit qu'"un jeune homme de bonne famille" avait perdu la raison et tirait sur des chats, Johnson murmura : "Mais il n'aura pas Hodge, non non, il n'aura pas Hodge." Hodge offrait à Johnson un répit qui lui faisait oublier la pensée, et donc sa condition d'être humain.

III

ÉTHIQUE FÉLINE

La moralité, une pratique bien particulière

Les chats sont souvent présentés comme des créatures amorales. Ils n'obéissent à aucun commandement et n'ont pas d'idéaux. On ne les voit jamais éprouver ni culpabilité ni remords, pas plus que s'efforcer de s'amender. Ils ne s'emploient pas à faire de ce monde un monde meilleur et ne s'embarrassent pas d'éternels scrupules. Si elle ne leur échappait pas, l'idée que leur vie doive se conformer à une norme extrinsèque leur semblerait risible.

De nombreuses personnes soutiennent que la moralité est ce qu'il y a de plus précieux. À leurs yeux, rien ne les différencie plus de leurs cousins les animaux que le sens du bien et du mal. Une vie bonne n'est pas simplement une vie qui vaut la peine d'être vécue : elle doit aussi être morale. Quand une vie ne répond pas aux critères de moralité, elle ne peut plus avoir grande valeur, si tant est qu'elle en ait encore une. La moralité confère une valeur spécifique, plus prisée que toute autre. Le plaisir peut être valorisé, de même que la beauté ou la vie elle-même, mais si ces biens ne sont pas poursuivis moralement, ils perdent toute valeur, ou sont rangés parmi les vices. C'est une loi valable pour tout être humain, puisque les lois de la moralité sont universelles et catégoriques. Avant toute chose, chacun doit être moral.

Les personnes de cet avis sont persuadées de savoir ce que dicte la morale. Le bien et le mal ne peuvent pas faire l'objet de profonds désaccords. Après tout, être moral est le souverain bien. Comment les avis pourraient-ils diverger sur un point si crucial ? En réalité, il existe de nombreuses moralités différentes et contraires. De nos jours, certaines personnes mettent la justice au cœur de la moralité. Mais la justice est moins immuable et moins fondamentale qu'ils ne le pensent. Pascal le fait remarquer : "Comme la mode fait l'agrément, aussi fait-elle la justice[1]."

La moralité a bien des agréments. Qu'y a-t-il de plus passionnant que la vision d'une justice éternelle ? Pourtant, les visions de la justice se démodent aussi vite qu'une paire de chaussures. Les exigences de la moralité diffèrent d'une génération à l'autre et peuvent changer plus d'une fois au cours d'une même vie humaine. Il n'y a pas si longtemps, la moralité exigeait d'étendre le pouvoir impérial pour civiliser le monde. De nos jours, elle condamne toute forme d'impérialisme. Ces jugements sont absolument inconciliables. Mais ceux qui les rendent en tirent la même satisfaction : un sentiment de vertu gratifiant.

Quand les gens parlent de moralité, ils ne savent pas de quoi ils parlent. Pourtant, ils sont habités de convictions inébranlables. Cela peut sembler paradoxal. Mais il n'en est rien, car leur discours est l'expression de leurs émotions. En dehors des faits sur lesquels ils s'appuient, il n'y a rien de vrai ni de faux dans leurs jugements de valeur. C'est pourquoi la moralité ne peut faire l'objet d'un accord. Si les jugements de valeur ne font qu'exprimer des émotions, il n'y a pas matière à débattre.

Selon certains philosophes, l'idée que les valeurs humaines relèvent des émotions et de la subjectivité viendrait de l'individualisme du monde moderne[2]. Mais étant donné qu'on la trouvait déjà chez les sceptiques de la Grèce antique, c'est une hypothèse peu crédible. Il est plus probable qu'une vision subjective de l'éthique soit née de l'évidement de la religion. Formulée dans des lois universelles ou dans des commandements, la "moralité" est une relique du monothéisme. Si ces décrets n'ont pas d'auteur, comment peuvent-ils faire autorité ? Dans la religion, l'auteur était Dieu. Par la suite, avec l'avènement des Lumières, ce fut l'"humanité". Mais le genre humain ne pourra jamais être l'auteur de quoi que ce soit, puisqu'il n'a pas d'agent universel. La seule réalité est celle de l'animal humain dans sa diversité, avec toutes ses moralités différentes.

Pour tous ceux qui sont élevés dans l'idée que la morale est unique et universelle, c'est une idée troublante. Ils continuent donc de réfléchir et de parler comme si tout le monde voyait très bien ce qu'est la moralité, quand elle est l'opacité même aux yeux de ceux qui la pratiquent[3].

Spinoza : vivre selon sa nature

Il existe heureusement d'autres façons de penser la vie bonne. Dans la Grèce et la Chine de l'Antiquité, certaines traditions éthiques ne faisaient aucunement référence à ce que l'on appelle aujourd'hui la moralité. En Grèce, vivre bien, c'était vivre selon sa *dikè*, c'est-à-dire selon sa nature et la place qu'elle occupe dans l'ordre des choses. En Chine, c'était vivre selon le *tao*, la voie de l'univers telle qu'elle se manifeste dans votre propre nature. Ces éthiques de l'Antiquité sont très différentes. Mais c'est leur point commun qui nous intéresse particulièrement aujourd'hui.

Si ces approches ne parlent pas de "moralité", c'est qu'aucune d'entre elles ne suppose que Dieu impose le même type de vie à tous les êtres humains. Elles ne supposent pas non plus que la vie bonne consiste essentiellement à se soucier des autres. Au contraire, vivre bien, c'est vivre pour soi, selon la nature qui nous a été donnée. Pour sûr, la vie bonne requiert des vertus (des qualités et des compétences qui lui permettent de perdurer et de prospérer), mais ces vertus ne concernent pas seulement ce que l'on nous a appris à considérer comme relevant de la moralité. Elles comprennent aussi l'esthétique, l'hygiène et l'art de vivre dans son ensemble, et elles ne concernent pas que les êtres humains. De ce point de vue, l'éthique (du grec ancien *êthikos*, ce qui relève du caractère ou de l'habitude) fait aussi partie de la vie des animaux non humains.

Citant le cas des dauphins, Aristote admet l'existence de vertus chez des animaux non humains. Dans son *Histoire des animaux*, il admire à plusieurs reprises leurs méthodes d'allaitement, de communication et de coopération dans la chasse aux poissons[4]. Ses remarques s'appuient sur des observations directes qu'il avait pu faire en voyageant avec des pêcheurs sur la mer Égée. Pour Aristote, dans l'univers, toute chose a un *télos*, un objectif : réaliser la nature qui lui est propre. Une vie bonne est une vie qui atteint cet objectif. Quand les dauphins se rassemblent pour chasser des poissons, ils font preuve d'une qualité nécessaire à cette fin, autrement dit, d'une vertu. Les dauphins mènent une vie bonne selon une norme propre aux dauphins[5].

On trouve une approche semblable dans la philosophie de la Chine antique. Chez Lao-tseu comme chez Tchouang-tseu, le taoïsme se fonde sur les idées de *tao* et de *te* : l'ordre ou la nature des choses et la capacité à vivre selon cette nature. Bien que l'on traduise souvent *te* par "vertu", il ne s'agit pas d'une capacité exclusivement "morale", mais de la force intérieure requise pour agir selon l'ordre des choses. Suivre le *te*, c'est agir comme il se doit, et ce n'est pas valable que pour les humains. Une créature ne prospère que si elle suit sa propre nature[6].

L'éthique d'Aristote est anthropocentrique et hiérarchique. Bien qu'il admette l'existence de vertus chez d'autres animaux, il maintient que la vie bonne ne trouve son parfait accomplissement que chez quelques êtres humains. L'esprit humain ressemble fort à celui de Dieu (un intellect ou un *nous* divin, la cause finale ou le "premier moteur" de l'univers) et tout ce qui existe s'efforce d'égaler Dieu. Il s'ensuit, selon Aristote, que l'animal humain est le *télos* (la fin ou le but) de l'univers.

Cette idée s'accorda bien au christianisme et perdura dans des conceptions populaires de la théorie de l'évolution. La théorie de Darwin, en revanche, s'en démarque absolument : la sélection naturelle n'a aucune finalité et l'espèce humaine est apparue par accident. Les humains ne sont pas "supérieurs" aux innombrables espèces disparues. Mais Darwin était parfois tenté de revenir sur sa position[7]. De nos jours, une grande partie de ses héritiers tiennent à l'idée que les humains valent mieux que les autres animaux, bien que cela n'ait aucun sens, à moins que l'on ne croie à une hiérarchie cosmique des valeurs.

À l'inverse, dans la pensée taoïste, les êtres humains n'ont rien de particulier. Comme toutes les autres créatures, ce sont des chiens de paille (des objets de culte soigneusement préparés pour des rituels, puis simplement jetés au feu). Selon la formule de Lao-tseu, "Le Ciel et la terre sont sans pitié et traitent la multitude des créatures comme des chiens de paille[8]". L'univers n'a pas de chouchous, et l'animal humain n'est pas son objectif. En tant que processus de mutations perpétuelles et accidentelles, l'univers n'a pas d'objectif.

Dans la tradition occidentale dominante, si les humains sont mieux considérés que les autres animaux, c'est qu'ils sont davantage capables de penser consciemment. Pour Aristote, la vie souveraine est une contemplation intellectuelle du cosmos, tandis que chez les chrétiens, c'est l'amour de Dieu. Dans un cas comme dans l'autre, la conscience réflexive fait partie intégrante de la vie bonne. Chez les taoïstes, au contraire, la conscience égocentrique des êtres humains est le principal obstacle à la vie bonne.

Selon Aristote, l'être humain du meilleur type est celui qui, comme lui (un homme grec possédant des esclaves), se consacre aux questions intellectuelles. En plus de justifier les préjugés du pays et de l'époque d'Aristote (une pratique presque universelle chez les philosophes), cette idée présente un défaut plus fondamental. Elle suppose que chez les humains la vie souveraine est la même pour tout le monde, du moins en théorie. Certes, nombreux sont ceux qui échouent dans cette voie, mais cela ne fait que prouver leur infériorité. Il ne vint pas à l'esprit d'Aristote que les êtres humains puissent s'épanouir de diverses façons, aucunement hiérarchisables. Ni que les modes de vie d'autres animaux puissent être des vies bonnes que les humains seraient incapables de mener.

Le taoïsme offre encore un contraste bienvenu. Il ne répartit pas les vies humaines sur une échelle de valeurs et ne dit pas que les animaux devraient davantage ressembler aux humains pour mener la meilleure vie possible. Chaque animal, chaque créature a sa propre forme de vie bonne.

Dans la pensée occidentale, l'idée qui se rapproche le plus de cette vision est le *conatus* de Baruch Spinoza (1632-1677) : la tendance des êtres vivants à poursuivre et développer leur activité dans le monde. Le spécialiste en neurosciences Antonio Damasio, qui voit chez Spinoza les prémices de découvertes scientifiques récentes concernant l'unité du corps et de l'esprit, cite une proposition tirée de l'*Éthique* (1677) afin de clarifier ce point :

> La citation est tirée du scolie de la proposition 18 de la quatrième partie de l'*Éthique* : "le fondement de la vertu est l'effort même pour conserver son être propre, et [...] le bonheur consiste pour l'homme à pouvoir conserver son être." Un commentaire sur les termes utilisés par Spinoza s'impose [...]. Premièrement [...] le mot *conatus* peut se rendre par "tentative", "effort" ou "tendance", et Spinoza avait en tête ces trois sens ou peut-être un mélange. Deuxièmement, le mot *virtus* ne renvoie pas seulement au sens moral traditionnel, mais aussi au pouvoir et à la capacité d'agir. [...] C'est là que se trouve la beauté de cette citation précieuse, vue avec les yeux d'aujourd'hui : elle contient le fondement d'un système de comportement éthique et ce fondement est biologique[9].

Les ambiguïtés dont parle Damasio ne sont pas fortuites. Elles montrent les difficultés de Spinoza, qui tentait de formuler une philosophie subversive dans des termes traditionnels.

Il y a peut-être plusieurs causes à l'origine de ces faux-fuyants. Comme Montaigne, Spinoza venait d'une famille juive qui avait quitté la péninsule Ibérique pour échapper aux persécutions et aux conversions forcées de l'Inquisition. Plus audacieux que Montaigne, il fut renvoyé de la principale synagogue d'Amsterdam en 1656 pour avoir confié à ses coreligionnaires une partie des idées qui seraient publiées de façon posthume dans son *Éthique*, idées que ceux-ci avaient jugées hérétiques. Après son excommunication, il se vit proposer une chaire à l'université. Mais, craignant que sa liberté de pensée et d'écrire fût compromise, il la refusa. Il préféra gagner modestement sa vie en taillant des lentilles optiques, métier qui abrégea peut-être ses jours.

Les détracteurs de Spinoza avaient raison de trouver ses positions hérétiques. Selon lui, Dieu n'est pas la force qui a créé l'univers. Dieu est une substance infinie, *Deus sive Natura*, Dieu ou la Nature, autonome et éternelle. Les valeurs humaines ne peuvent pas venir d'un Dieu qui aurait créé l'univers, puisque Dieu est l'univers lui-même. En usant d'un langage équivoque, Spinoza espérait peut-être rendre cette philosophie plus acceptable aux yeux de ceux qui l'avaient excommunié. Mais il est aussi possible qu'il n'ait pas réalisé à quel point ses idées venaient saper les croyances traditionnelles. Il semble parfois reculer devant les aspects les plus originaux de sa pensée.

Le philosophe britannique Stuart Hampshire, qui a beaucoup travaillé sur la philosophie de Spinoza, explique la notion de *conatus* :

> Comme tout ce qu'il y a de particulier et d'identifiable dans l'ordre naturel, un homme essaie, par son activité caractéristique, de conserver sa personne et sa propre nature distincte

> en tant qu'individu, et d'augmenter son pouvoir et son activité au sein de son environnement. Cet effort *(conatus)*, une force intérieure qui relève de l'instinct de conservation, est ce qui fait de chaque individu un individu [...]. La tendance naturelle d'un homme, son *conatus*, n'est pas de devenir un parfait spécimen, ni même un bon, ni d'incarner dans son activité un grand idéal de l'humanité, mais plutôt de conserver sa personne, cet individu, en tant qu'être actif qui est, autant que possible, indépendant dans son activité. Il n'atteint la vertu et n'accomplit ce qu'il désire nécessairement accomplir que si et seulement s'il est relativement libre et autodéterminé dans son activité[10].

Pour Spinoza, le "bien" est ce qui soutient cet effort, le "mal", ce qui le contrarie. Les valeurs ne sont pas des propriétés objectives, mais elles ne sont pas non plus purement subjectives. La vertu d'un individu est ce qui prolonge et accroît son activité dans le monde. Mais la plupart des êtres humains ne comprennent pas qui ils sont, ni quelle est leur place dans le monde. Par conséquent, ils sont souvent dans l'erreur en matière d'art de vivre.

En concevant ainsi le bien et le mal, affirme Hampshire, "Spinoza représente l'étude de l'éthique, dans les grandes traditions chrétienne et juive de l'époque, comme une gigantesque erreur, comme une quête illusoire et dangereuse[11]". Cette illusion vient en partie de la croyance dans le libre arbitre. Les théories traditionnelles de la moralité supposent que plusieurs chemins s'offrent à nous dans la délibération et la prise de décision. Mais selon Spinoza (et certaines théories neuroscientifiques actuelles) ce que nous prenons pour nos choix résulte de causes complexes opérant sur notre organisme[12]. Nos pensées et nos décisions ne sont pas distinctes de notre corps, qui fonctionne indépendamment de ce que nous prenons pour notre esprit conscient et notre volonté. L'expérience de la délibération et de la prise de décision comme choix d'un objectif est un produit de nos désirs contradictoires. Le libre arbitre est l'impression de ne pas savoir ce que nous allons faire. En réalité, nous sommes forcés de maintenir et d'accroître notre propre pouvoir, mais les chimères qui nous plongent dans la confusion nous condamnent peut-être à l'échec.

Spinoza pense que dans l'univers, toute chose suit le cours qu'elle doit suivre. Il n'y a rien d'accidentel ou de contingent. C'est pourquoi il rejette l'idée de libre arbitre. Mais il n'est pas nécessaire d'accepter sa vision métaphysique pour prendre la mesure du défi qu'il lance à la conception traditionnelle de la moralité. Pas plus que d'accepter l'idée que tout ce qui existe tente de prolonger son existence. Le seul principe que requiert l'éthique de Spinoza, c'est que tout organisme vivant s'affirme en tant qu'organisme particulier.

Nous sommes très loin de l'idée classique, avancée par Aristote, selon laquelle chaque spécimen s'efforce d'atteindre la perfection dans sa catégorie, mais aussi du monothéisme, qui affirme que pour mener une vie bonne, les humains doivent viser la perfection d'un être divin. Si nous renonçons à ces doctrines traditionnelles, nous ne serons plus tentés de croire que les humains se distinguent par la capacité de choisir ce qui est bon pour eux. Nous penserons que les êtres humains, comme toutes les autres créatures, poursuivent le bien que leur nature exige.

Les humains sont agis par leur instinct de conservation. Mais la confusion de leurs pensées leur fait souvent adopter des comportements autodestructeurs. Une pensée secondaire pourrait y remédier :

> Cet instinct fondamental de conservation, qui détermine en partie mes autres appétits, est une caractéristique constante et universelle de toute entité physique. Mes réflexions rationnelles prennent pour objet mes désirs primaires et l'activité de la pensée s'incarne dans une activité cérébrale corrélative.

> Par la réflexion, formant des idées d'idées, j'évalue tel désir, ou telle pensée, positivement ou négativement, l'accepte ou le refuse, ou suspends mon jugement. La réflexion est une activité de l'esprit, sa façon de s'affirmer, en réponse aux stimuli du monde extérieur[13].

En réalité, aucun être humain ne peut atteindre la liberté d'esprit dont Spinoza croyait quelques individus capables. Cette idée que la pensée réflexive puisse libérer l'esprit de ses chimères est elle-même chimérique. Spinoza affirme que l'on devrait voir ses "vérités nécessaires" comme des "canots de sauvetage en pleine tempête[14]". Mais ses axiomes étaient des fictions, et son radeau métaphysique prenait l'eau.

S'il se démarque de la conception traditionnelle de la moralité, Spinoza reprend malgré tout la tradition rationaliste qui veut que la vie la plus consciente soit la meilleure possible. Un esprit divisé pourrait retrouver son unité en s'identifiant à la raison qui s'incarne dans le cosmos. Mais si la raison cosmique est une vue de l'esprit, la pensée réflexive (réfléchir à nos processus de réflexion) ne fera qu'accentuer cette division intérieure.

Le rationalisme a pour défaut de croire que les êtres humains peuvent vivre en mettant une théorie en pratique. La théorie (un terme qui vient du grec ancien *theôrein*, "regarder") ne peut pas remplacer la connaissance pratique de l'art de vivre. En représentant la connaissance du bien comme une expérience visuelle, Platon a induit la philosophie occidentale en erreur. Nous pouvons regarder une chose sans la toucher, mais la vie bonne n'est pas de cet ordre. Nous ne la connaissons que parce que nous la vivons. Si nous y pensons trop, au point d'en faire une théorie, elle risque de se dissoudre jusqu'à disparaître. Au contraire de ce qu'affirme Socrate, une vie soumise à l'examen ne vaut pas forcément la peine d'être vécue.

Spinoza ravivait la foi de Platon : plus une vie devient consciente, plus elle touche à la perfection. Mais si la valeur d'une vie est sa valeur aux yeux de la créature qui la vit, toute hiérarchisation de ce genre est vide de sens. Vivre bien, ce n'est pas développer constamment sa conscience. Pour tout être vivant, la vie souveraine consiste à être lui-même.

Il ne s'agit pas pour autant de l'idée romantique selon laquelle chacun d'entre nous devrait se façonner une individualité unique en son genre. Chez les romantiques, les êtres humains font de leur vie une œuvre, comme des artistes, et la valeur de toute œuvre d'art tient à son degré d'originalité. Sur ce point, les romantiques s'inspiraient d'une conception biblique de la création *ex nihilo* absente de la pensée de la Grèce antique. Le romantisme est l'un des nombreux substituts modernes du christianisme.

L'éthique tao-spinoziste est bien différente. Les humains sont comme les autres animaux. Une vie bonne ne résulte pas de leurs sentiments. Leurs sentiments résultent du degré de réalisation de leur nature.

De nos jours, pour beaucoup d'entre nous, il n'y a rien de plus oppressif. La culture contemporaine rejette l'idée de nature pour la même raison qu'elle rejette l'idée de Dieu : elles mettent l'une comme l'autre des limites à la volonté humaine. L'humanisme moderne s'inscrit dans la lignée des romantiques, qui idéalisent le monde naturel tout en continuant de le croire inférieur à ce que l'humain peut faire de mieux. Post-chrétiens malgré eux, les romantiques affirment qu'être libre, c'est se rebeller contre la nature, y compris la leur. Au contraire, pour Spinoza et pour les taoïstes, toute rébellion de ce type est autodestructrice. Les humains et les autres créatures ont pour point commun de vouloir maintenir et accroître leur pouvoir en ce monde. Le vivant est le règne du *conatus*, qui pousse tout être à s'affirmer.

Chez Spinoza et chez les taoïstes, le pouvoir est la capacité d'être ce que l'on est. Somnolant toute la journée, l'indolent paresseux n'affirme pas moins son pouvoir que le tigre achevant sa proie. En ce sens, l'exercice du pouvoir n'implique pas la domination. Mais si l'éthique consiste à affirmer sa nature individuelle, nous risquons de franchir les limites de la moralité dans ses définitions monothéiste et humaniste.

Spinoza voyait par exemple la pitié comme un vice. Il écrit dans l'*Éthique* : "La pitié chez l'homme qui vit sous la conduite de la Raison est par elle-même mauvaise et inutile." La pitié est un type de douleur, poursuit-il, et la douleur est mauvaise. Nous pouvons agir pour secourir quelqu'un dont nous avons pitié, mais seulement si ce geste est requis par la raison. Spinoza conclut :

> Il suit de là que l'homme qui vit d'après le commandement de la Raison s'efforce, autant qu'il peut, de faire qu'il ne soit pas touché de pitié. [...]
>
> Celui qui sait bien que toutes choses suivent de la nécessité de la nature divine et se font selon les lois et les règles éternelles de la Nature, celui-là certes ne trouvera rien qui soit digne de haine, de risée ou de mépris, et il n'aura pitié de qui que ce soit [...]. [C]elui qui est facilement touché d'un sentiment de pitié et qui est mû par la misère ou les larmes d'autrui, fait souvent quelque chose dont ensuite il se repent : tant parce que nous ne faisons par sentiment rien que nous sachions avec certitude être bon, que parce que nous sommes facilement trompés par de fausses larmes[15].

L'éthique de Spinoza se distingue de la moralité traditionnelle en ce qu'elle n'est pas un ensemble de règles ou de lois transmises par quelque autorité humaine ou divine. Elle envisage aussi les vertus et les vices sous un autre angle. Si la pitié est un vice, c'est qu'elle cause de la peine et réduit la vitalité. L'éthique taoïste s'écarte également de la moralité. Elle n'admet pas seulement la voie du sage, mais aussi celle du tyran, de l'assassin, du guerrier et du criminel, ainsi que celle des très nombreux êtres humains dont la vie consiste essentiellement à affronter l'adversité. Certains veulent s'affirmer, d'autres semblent résolus à se détruire. Certains donnent la vie, d'autres la prennent. Les voies de l'humain sont impitoyables, comme la voie elle-même.

Nous sommes loin de la volonté de puissance qui devint parole d'évangile en Europe à la fin du XIXe et au début du XXe siècle. Dans certains écrits tardifs, Friedrich Nietzsche (1844-1900) flirte avec l'idée qu'en ce monde, tout est une lutte pour la puissance. Nietzsche admirait Spinoza et disait avoir beaucoup appris de lui, mais la volonté de puissance de Nietzsche n'est pas la force que Spinoza voit en chaque chose distincte. C'est une inversion de l'idée de vouloir-vivre universel que l'on trouve chez son ancien mentor, Schopenhauer. La différence est que Schopenhauer se lamente de la souffrance que le vouloir-vivre cause, tandis que Nietzsche se réjouit du conflit qu'il génère.

Avant Nietzsche, le philosophe anglais du XVIIe siècle Thomas Hobbes (1588-1679) affirmait que les humains cherchent à assouvir une insatiable soif de puissance : "Ainsi, je mets au premier rang, à titre d'inclination générale de toute l'humanité, un désir perpétuel et sans trêve d'acquérir puissance après puissance, désir qui ne cesse qu'à la mort[16]." Hobbes pensait que ce désir venait de la peur des autres êtres humains, et plus précisément de la peur de se voir infliger une mort violente. Pour l'humain, une mort de ce type était le *summum malum*, le souverain mal.

En décrivant les êtres humains à l'état de nature (un mythe construit pour signifier l'absence d'ordre dans la société), Hobbes dépeint la réalité de l'être humain avec plus de justesse que ses critiques ne veulent bien l'admettre. La guerre est aussi naturelle que la paix, et l'histoire comprend de nombreuses périodes où la violence est normale. Hobbes pense que les êtres humains peuvent éviter cet état de fait en désignant un souverain chargé de maintenir l'ordre social. Mais il existe un élan plus fort que la peur d'une mort violente. Nous ne vivons pas que pour différer notre mort. Affirmer sa nature, c'est parfois courtiser la mort. Les êtres humains acceptent volontiers de mourir pour protéger les personnes ou les choses auxquelles ils tiennent. Il vaut mieux vivre que survivre et être prêt à mourir n'est pas contre nature. Comme nous le verrons au chapitre v, les êtres humains sont aussi prêts à mourir (et à tuer) pour une idée à laquelle ils s'identifient.

Les considérations de Spinoza sur le suicide sont passionnantes. Puisque toute chose tente de persévérer dans son être, personne ne peut vraiment vouloir cesser d'exister. Personne ne veut mettre fin à ses jours : un suicide est la mort d'une personne tuée par le monde. Comme le dit Spinoza dans l'*Éthique* : "Nulle chose ne peut être détruite, sinon par une cause extérieure[17]." Mais on peut aussi dire qu'un être humain se suicide quand son *conatus* s'est retourné contre lui.

Spinoza croyait l'humain parfaitement capable de ne pas penser à la mort, à condition qu'il soit tout à fait rationnel. Dans un célèbre passage de l'*Éthique*, il écrit : "L'homme libre ne pense à aucune chose moins qu'à la mort, et sa sagesse est une méditation non de la mort, mais de la vie." Il pensait pouvoir démontrer la vérité de cette proposition :

> *Démonstration*. L'homme libre, c'est-à-dire celui qui vit d'après le seul commandement de la Raison, n'est pas conduit par la crainte de la mort [...], mais désire le bien directement [...], c'est-à-dire [...] qu'il désire agir, vivre, conserver son être d'après le principe qu'il faut chercher ce qui est utile en propre. Et par conséquent il ne pense à rien moins qu'à la mort ; mais sa sagesse est une méditation de la vie. C.Q.F.D.[18].

Cette démonstration est fantasmée. Nous pouvons refouler notre peur de la mort, comme beaucoup d'autres pensées, mais elle continue de rôder dans un obscur recoin de notre esprit. Il n'est point d'être humain qui ne fasse aucun cas de la mort.

Nous héritons de l'idée que la moralité sous sa forme la plus noble est un altruisme, c'est-à-dire le fait d'être désintéressé ou dévoué. L'empathie, dans cette tradition, est au cœur de la vie bonne. Les chats, eux, n'ont pas vraiment l'air de partager les émotions des autres, excepté quand il s'agit de leurs petits. Il arrive qu'ils perçoivent le désarroi de leurs compagnons humains et restent à leur côté quand ceux-ci vont mal, ou qu'ils veillent un mourant. Mais les chats ne se sacrifient jamais quand ils jouent un rôle de ce type. C'est par leur simple présence qu'ils apaisent le chagrin des hommes.

Comme les chats sont des prédateurs, un sens de l'empathie très développé les desservirait. C'est pourquoi ils n'ont pas cette disposition. C'est aussi pourquoi la croyance populaire voulant que les chats soient cruels est infondée. La cruauté est l'empathie sous une forme négative. S'il n'est pas disposé à la compassion, un être ne peut tirer aucun plaisir de la souffrance des autres. Les humains faisaient preuve de cette empathie négative quand ils torturaient des chats à l'époque médiévale. À l'inverse, quand un chat taquine une souris prise au piège, il ne se réjouit pas de son tourment. Ce geste est l'expression de sa nature prédatrice. Il n'est pas en train de torturer une créature à sa merci (une prédilection singulièrement humaine) : il joue avec elle.

Le lien entre altruisme et vie bonne peut sembler évident, mais il s'agit d'une nouveauté de l'éthique. Prendre soin des autres ne fait pas particulièrement partie des valeurs de la Grèce antique. Aristote ne dit rien du sacrifice de soi : quand il n'était pas occupé à contempler le cosmos, ce "grand homme" passait son temps à s'émerveiller de lui-même. L'altruisme n'est pas non plus très présent dans le bouddhisme ancien, qui propose de dissiper l'illusion du moi afin d'atteindre un état de quiétude absolue, le *nirvana*. Il semble que Bouddha ait pensé que seuls les humains pouvaient ainsi se libérer.

Selon des traditions indiennes plus anciennes, à l'origine de l'ensemble des pratiques que l'on appelle aujourd'hui l'hindouisme, chaque créature se libère en se comportant selon sa nature. Sur ce point, les traditions hindoues sont plus proches du taoïsme que du bouddhisme. Pour Bouddha, il fallait renoncer à soi pour se libérer, mais l'objectif était toujours de *se* libérer. Ce n'est que plus tard dans l'histoire du bouddhisme qu'apparaît l'idée qu'un individu éveillé (le *bodhisattva*) pourrait, par pur altruisme, renoncer au *nirvana* pour se réincarner et libérer tous les êtres doués de sensibilité.

Dans le cas du christianisme, la vie bonne n'a pas toujours été altruiste. Constantin Léontiev, philosophe russe du XIXe siècle et penseur de la religion qui finit par intégrer un monastère orthodoxe et resta dans les ordres jusqu'à sa mort, voyait le christianisme comme une forme d'"égoïsme transcendantal", un mode de vie qui se focalise sur le salut de l'individu[19]. Le christianisme est communément présenté comme une religion de l'amour, mais l'amour dont parlent les mystiques chrétiens est l'amour de Dieu. Les êtres humains reçoivent cet amour car ce sont les enfants de Dieu, mais s'ils pèchent, ils risquent la damnation. L'amour universel ne définit pas plus la religion chrétienne que le bouddhisme.

De nos jours, certains philosophes pensent que plus nous faisons le bien, meilleure est notre vie. Dans la lignée d'une philosophie utilitariste défendue par des penseurs du XIXe siècle tels que Jeremy Bentham, ils croient que la vie souveraine maximise l'économie générale du bien-être, souvent définie comme le fait de satisfaire les désirs de toute personne affectée par nos actions. Ces partisans de l'"altruisme efficace" ne se disent jamais qu'il faudrait peut-être remettre en question l'idée que mener la vie bonne et faire le bien sont une seule et même chose[20]. Après tout, ce recoupement récent ne tient qu'à un accident de l'histoire. Cette idée n'aurait jamais fait florès si le christianisme n'avait pas triomphé, et si quelque éthique de la civilisation gréco-romaine régnait encore sur l'Occident.

L'altruisme est une idée récente. Ce mot fut inventé par le sociologue français Auguste Comte (1798-1857) pour définir la valeur au cœur de la Religion de l'Humanité, qu'il prêchait et dont il fut l'inventeur. Selon cette religion supposément scientifique, une vie bonne était une vie au service de l'"humanité" et non d'un quelconque être divin. Certes, l'altruisme qu'il invitait ses disciples à pratiquer ne concernait aucun être humain bien vivant. Son bénéficiaire était l'espèce éclairée qui, selon Comte, verrait bientôt le jour : un produit de l'imagination humaine du même ordre que la divinité supplantée, en encore plus invraisemblable.

Bien qu'on ait aujourd'hui presque oublié son existence, la religion séculière de Comte eut une grande influence sur l'assimilation de la moralité à l'altruisme. Au cours des dernières décennies, des centaines de livres ont été publiés pour soutenir que la moralité peut s'expliquer par la logique de l'évolution. Ils partent tous du principe que le comportement moral est essentiellement altruiste, une supposition historiquement et culturellement très située : la conception humano-chrétienne de la vie bonne comme vie dévouée n'est qu'une des nombreuses approches qui ont permis aux êtres humains de s'épanouir.

Pourtant, cette conception est désormais si ancrée dans la pensée populaire et scientifique qu'on a dit de l'éthique qu'elle "vise à pallier les manquements disruptifs d'altruisme[21]". En biologie, le concept d'altruisme désigne un comportement coopératif, généralement au sein de groupes. Ayant montré que l'altruisme joue plusieurs rôles dans l'évolution, certains philosophes pensent avoir expliqué l'éthique de la vie humaine. Mais ils n'expliquent rien, si ce n'est une version diluée de la moralité chrétienne, reformulée dans les termes faussement darwiniens de l'intellectuel laïque contemporain.

Ni Spinoza ni le taoïsme ne pensent la vie bonne comme une vie dévouée. Néanmoins, ils associent la réalisation de soi à un certain type de renoncement à l'ego. Comme le fait remarquer Paul Wienpahl, philosophe américain et spécialiste de Spinoza qui pratiqua aussi la méditation zen pendant de nombreuses années, le philosophe sceptique français du XVIIe siècle Pierre Bayle avait perçu cette ressemblance entre le spinozisme et le bouddhisme zen. Wienpahl écrit :

> À ma connaissance, le premier constat d'une ressemblance entre Baruch Spinoza et le chan ou le bouddhisme zen se trouve dans l'entrée "Spinoza" du dictionnaire de Pierre Bayle, où celui-ci rapproche le spinozisme de "la théologie d'un culte chinois". Il est évident, à lire cette description, que Bayle reprend les descriptions des bouddhistes chan rapportées par les jésuites, qui les appelaient "les disciples de Foe Kaio" (Nul Homme). Dans cette notice, Bayle affirme que Baruch Spinoza n'a rien inventé, puisque "la théologie d'un culte de la Chine antique" se fonde aussi sur cette incompréhensible notion qu'est le néant [...]. Pour Bayle, cela signifie que la réalité est vidée de toute substance[22].

Wienpahl poursuit en faisant remarquer qu'une des notions centrales du zen est le néant du moi. L'école zen apparut en Chine à la suite d'une rencontre entre le bouddhisme et le taoïsme, qui partagent l'intuition que le moi humain est une illusion.

L'intellectuel norvégien Jon Wetlesen fait également partie de ceux qui voient une ressemblance entre les éthiques spinoziste et taoïste. Dans *The Sage and the Way: Spinoza's Ethics of Freedom*, Wetlesen affirme que le taoïsme "n'incite pas à devenir ce que l'on n'est pas, mais à être ce que l'on est. Dans ce processus, l'ego temporel n'a rien de particulier à faire, il faut plutôt s'en défaire[23]". Il trouve la même distinction entre l'ego et la vraie nature de l'individu chez Spinoza.

Une éthique où l'individu réalise sa nature diffère de toute idée du moi comme œuvre. Le moi auquel les humains s'identifient est une construction de la société et de la mémoire.

S'étant fait une image d'eux-mêmes pendant la petite enfance et l'enfance, ils cherchent le bonheur dans la conservation et la consolidation de cette image. Mais l'image qu'ils ont d'eux n'est pas la réalité de leur corps ni de leur vie, et leur quête ne peut aboutir qu'à leur frustration.

Les autres animaux ne partagent pas leur vie avec de telles chimères. La plupart d'entre eux n'ont aucune image d'eux-mêmes. Leur survivance ne dépend pas de la conservation d'un moi imaginaire, mais du maintien de la vitalité du corps. Ce ne sont pas des ombres occupées à examiner leurs pensées et leurs pulsions comme si elles appartenaient à quelqu'un d'autre. Dans l'action, ils n'ont pas le sentiment propre aux humains que c'est une entité intérieure distincte (un esprit, un moi) qui agit.

N'ayant aucune fausse image de lui, le chat est exemplaire. Les félins ne font pas partie du petit groupe d'animaux qui ont passé le test du miroir (Mirror self-recognition ou MSR test), conçu en 1970 par le psychologue américain Gordon Gallup Jr. Ce test consiste à marquer l'animal, souvent par un point de couleur, à un endroit qu'il ne peut voir que dans un miroir. Si l'animal essaie de toucher la partie de son corps portant la marque colorée, on estime qu'il s'est montré conscient de lui. Les humains, les chimpanzés, les bonobos et les gorilles ont passé le test, ainsi que certains cétacés tels que les dauphins et les orques, et des oiseaux tels que la pie. D'autres corvidés, les cochons et les macaques ont fait preuve d'une conscience d'eux partielle au cours du test.

Face à leur propre reflet, les chats se montrent indifférents, ou se comportent comme s'il s'agissait d'un autre chat. Il semblerait qu'ils puissent être perturbés par le rire d'un humain, et l'on dit de certaines races, comme celle des Siamois, qu'elles sont enclines à la vanité. Mais il se peut que ces chats, loin de s'inquiéter de ce que l'on pense d'eux, voient une menace ou un danger dans la réaction qu'ils provoquent chez les humains. Encore une fois, un chat peut faire le beau ou jouer les durs en compagnie d'un autre chat, mais ce n'est pas pour fignoler une image qu'il se serait faite de lui-même. Il donne une image de lui à un autre chat pour lui faire la cour ou protéger son territoire.

Des études montrent que les chats reconnaissent peut-être leur nom, mais ne prennent pas forcément la peine de réagir quand on les appelle[24]. L'histoire de leur interaction avec les humains ne les a pas rendus si dépendants qu'ils doivent répondre au nom que ceux-ci leur connaissent. Contrairement aux chiens, ils n'ont aucunement développé le sens du moi humain. Ils font certainement la différence entre eux et le monde qui les entoure. Mais ce n'est pas un ego ou un moi intérieur qui entre en interaction avec le monde : c'est le chat lui-même.

L'éthique féline est une sorte d'égoïsme désintéressé. Les chats sont égoïstes en ce qu'ils ne se soucient que d'eux-mêmes et de ceux qu'ils aiment. Ils sont désintéressés en ce qu'ils ne cherchent pas à conserver et accroître une image qu'ils auraient d'eux-mêmes. Les chats n'ont pas pour principe d'être égoïstes, mais d'être eux-mêmes de façon désintéressée.

Les moralistes traditionnels seront réfractaires à l'idée même d'une éthique féline. Comment une créature peut-elle être morale si les principes du bien et du mal lui échappent ? Pour sûr, seul un comportement adopté pour respecter de tels principes peut être moral. L'action doit avoir un motif possiblement connu de celui qui agit, sans quoi il ne peut y avoir aucune moralité.

C'est une vieille rengaine. Mais si c'est là ce que la moralité requiert, l'humain ne peut pas davantage être moral. Certes, il peut se bricoler tel ou tel principe puis essayer de s'y tenir. Sauf qu'il ne sait pas vraiment pourquoi il se comporte ainsi, et pas autrement. Pourquoi ce principe plutôt qu'un autre ? Si deux ou plusieurs principes entrent en conflit, comment savoir lequel suivre ? S'il identifie une raison à l'origine de son action, comment sait-il qu'elle l'a poussé à agir ? Chez l'humain, agir "moralement" n'est pas plus un choix qu'éternuer ou bâiller. Les philosophies selon lesquelles vivre bien consiste à choisir par soi-même son comportement sont des tours de passe-passe visant à berner l'illusionniste lui-même.

L'erreur est de croire qu'une vie bonne est une vie qui pourchasse une idée du bien, le terme d'idée désignant ici une sorte de vision, comme chez Platon. Ayant entraperçu le bien, nous passons notre vie à tout faire pour nous en approcher. Les chats ne font rien de tel, bien sûr. Bien qu'ils puissent voir dans le noir, l'odorat et le toucher sont plus importants pour eux. Une vie bonne est une vie qu'ils ont sentie et touchée, et non le vague aperçu d'une chose au loin.

Il n'est pas nécessaire qu'une vie bonne incarne une idée. Une personne qui répond à la souffrance des autres en les aidant fait preuve de compassion, qu'elle ait ou non une idée de ce qu'elle est en train de faire. Il se peut qu'elle soit plus véritablement vertueuse si elle ne se doute pas qu'elle fait preuve de compassion. Il en va de même avec le courage.

Chez les humains comme chez les chats, la vie bonne dépend de leurs vertus. Aristote fait remarquer qu'une personne qui manque de prudence ne peut prospérer, quand bien même elle aurait d'autres vertus : pour elle, toute entreprise est vouée à l'échec. De même, un chat constamment craintif ne peut pas vivre bien. En pleine nature comme dans les zones habitées, un chat mène une vie dangereuse. Le courage est une vertu féline autant qu'humaine. Sans elle, ni le chat ni l'humain ne peuvent prospérer.

Pour tout être vivant, une vie bonne dépend de ce dont cet être a besoin pour réaliser sa nature. La vie bonne est relative à cette nature, non à l'opinion ou à la convention. Comme le fait remarquer Pascal, les êtres humains ont la particularité d'avoir une seconde nature, formée par la coutume, en plus de leur nature innée. Ils confondent naturellement la seconde avec la première, et nombreux sont ceux qui vivent mal parce qu'ils vivent selon les coutumes de leur société. Les chats, eux, ne sont pas du genre à se tromper sur leur nature.

Pour sûr, nous ne pouvons pas nous mettre à la place d'un chat. Nous ne pouvons pas non plus nous mettre à la place d'un autre humain. Pourtant, nous pensons à juste titre qu'il faut être fou pour croire que les autres humains sont des machines insensibles, alors que nous faisons de philosophes tels que Descartes, qui pensait cela des autres animaux, de grands et vénérables sages. Il se peut que la vie intérieure des chats soit en réalité plus simple et plus exaltante que la nôtre. Leurs sens sont plus aiguisés et aucune chimère ne vient hanter leur veille. N'ayant aucune image d'eux-mêmes, ils connaissent peut-être une vie plus intense.

À en juger par le comportement résolu des chats, le désintéressement qui fait la condition féline n'est pas sans rappeler l'état de "non-esprit" de la philosophie zen. Oublier l'esprit, ce n'est pas être oublieux. Le "non-esprit" est une attention que rien ne détourne[25] ; en d'autres termes, c'est la pleine absorption de chaque être dans ce qu'il fait. Chez les humains, cela vient rarement spontanément. L'archer passé maître est celui qui tire sa flèche sans même y penser, mais cela ne vient qu'après une vie d'entraînement[26]. Le non-esprit est la condition innée des chats.

Les philosophes pour qui les autres animaux n'ont pas de conscience réflexive s'attribuent un état d'esprit qu'ils ne connaissent que par intermittence, voire pas du tout. La vie intérieure des humains est épisodique, confuse, décousue, et parfois chaotique. Ce n'est pas celle d'un moi plus ou moins conscient de lui-même, mais un ramassis d'expériences plus ou moins cohérent. Fragmentés, déconnectés, nous traversons nos vies comme des fantômes se manifestent par moments, tandis que les chats, qui n'ont pas de moi, sont toujours eux-mêmes.

IV

AMOUR HUMAIN *VS* AMOUR FÉLIN

Les liens passionnels de l'amour occupent une place centrale dans la vie de nombreux êtres humains. Nous nous attachons généralement à d'autres humains, mais aussi à des animaux non humains. Il arrive que ces amours entrent en conflit. La fiction et les récits autobiographiques peuvent aider à comprendre ce qui les différencie.

Le triomphe de Saha

La rencontre conflictuelle d'un amour humain et d'un amour félin constitue la thématique de *La Chatte* (1933), court roman de Sidonie-Gabrielle Colette (1873-1954). Née d'une famille bourgeoise sur le déclin, cette autrice française fut amenée, l'année de ses vingt ans, à épouser un écrivain renommé, qui exploita ses talents littéraires pour publier un certain nombre de romans sous son propre nom. En 1906, Colette quitta son mari et, quelques années durant, elle gagna sa vie tant bien que mal en se produisant dans des théâtres. En 1912, elle épousa le rédacteur en chef d'un quotidien national, mais ils divorcèrent douze ans plus tard, en partie des suites d'une liaison entre Colette et son beau-fils, alors âgé de seize ans. Elle se remaria en 1925, un troisième mariage qui dura jusqu'à sa mort. Colette eut aussi des relations amoureuses lesbiennes, qu'elle entretint parfois pendant de nombreuses années, ainsi qu'une passion pour les chats, qu'elle disait nécessaires à sa solitude. Il était rare qu'elle ne fût pas en train d'écrire, et elle fut nominée pour le prix Nobel de littérature en 1948. À sa mort, elle faisait partie des auteurs les plus hautement respectés du monde.

Dans sa biographie de Colette, Judith Thurman affirme à propos de *La Chatte* : "Le style de ce roman, dont l'héroïne est une chatte, est particulièrement félin : à la fois voluptueux et détaché, il observe minutieusement les plaisirs et déplaisirs de la chair que les sens humains, trop grossiers, ont perdu[1]." L'héroïne, Saha, est une petite chatte des Chartreux, une bleue russe aux yeux d'or qui vit avec Alain, jeune homme songeur dont le plus grand plaisir est de passer du temps en compagnie de Saha, dans le beau jardin de la vétuste villa familiale. Encouragé par sa mère, Alain épouse Camille, une jeune femme de dix-neuf ans sexuellement désinhibée, et les jeunes mariés s'adonnent au "divertissement qui raccourcit les heures et entraîne les corps à atteindre facilement le plaisir amoureux[2]". Mais Alain se lasse vite de Camille. Son corps lui semble moins beau qu'il ne se l'était imaginé, et la libido de la jeune femme le fatigue. Elle ne lui inspire bientôt plus que de l'ennui. À la moindre occasion, il se retire dans le jardin en compagnie de Saha.

Un matin qu'Alain s'est absenté, Camille, toujours plus jalouse, jette Saha par la fenêtre de leur appartement, situé en haut d'un grand immeuble. Un store l'arrête dans sa chute, et la chatte s'en tire indemne. Cette infructueuse tentative de meurtre permet à Alain de se libérer d'une relation humaine devenue oppressive. Portant Saha dans un panier, il retourne chez sa mère. Le lendemain matin, Camille vient lui demander pardon. Alain ne veut rien entendre. D'une voix lente et basse, il lui dit : "Une petite créature sans reproche, bleue comme les meilleurs rêves, une petite âme... Fidèle, capable de mourir délicatement si ce qu'elle a choisi lui manque... Tu as tenu cela dans tes mains, au-dessus du vide, et tu as ouvert les mains... Tu es un monstre... Je ne veux pas vivre avec un monstre[3]..."

Camille s'offusque d'être "sacrifiée" pour l'amour d'un animal. Après quelques conversations houleuses, les époux se quittent sans déterminer l'avenir de leur relation. Épuisé, Alain s'effondre dans un fauteuil. Soudain, Saha "surgit prodigieusement" sur une table d'osier, près de lui. "[S]i Saha, aux aguets, suivait humainement le départ de Camille, Alain à demi couché jouait, d'une paume adroite et creusée en patte, avec les premiers marrons d'août, verts et hérissés[4]."

Ces mots, les derniers de ce court roman, en résument la thématique centrale. Aimant Saha plus que tout être humain, Alain finit par avoir lui-même quelque chose de félin. Bien que son portrait reste évasif, la bleue russe est la véritable héroïne de cette histoire. La jalousie de Camille est clairement mise à nu ; celle de Saha n'est que suggérée. Dès le début, le triomphe de la chatte ne fait aucun doute.

Pour les amoureux des chats, cette histoire est un adorable conte. L'erreur de Colette est d'avoir prêté de la jalousie à Saha. Les chats semblent parfois jaloux de leurs semblables, bien que ce que nous prenons pour de la jalousie ne soit peut-être qu'une simple réponse aux perturbations causées par l'arrivée d'un autre chat sur leur territoire. Les chats se montrent rarement jaloux quand un nouvel être humain entre dans la vie de l'humain qu'ils côtoient. Les chiens, eux, exigent parfois de leur maître une attention et un dévouement exclusifs. Dans son autobiographie *Ma chienne Tulip*[5], l'écrivain, éditeur et homme de radio J. R. Ackerley se remémore l'intense possessivité de sa compagne canine, Queenie (le nom de la chienne fut modifié dans le livre, sous prétexte qu'il risquait d'être perçu comme un indice de l'orientation sexuelle de l'auteur, bien que celui-ci n'ait jamais caché son homosexualité). Ce livre est un des grands récits de l'amour qui peut naître entre animaux humains et non humains, mais Ackerley n'aurait jamais pu l'écrire si Queenie avait été un chat.

Toute personne qui a vécu avec des chats sait qu'ils peuvent apprécier notre compagnie. Quand ils s'allongent sur le dos pour qu'on leur fasse des papouilles, ils montrent la partie la plus fragile de leur corps à un humain qui a gagné leur confiance et leur affection. Ils aiment nous côtoyer et jouer avec nous. Mais cela n'a rien à voir avec le genre de relation exclusive qu'Ackerley décrit dans le cas de Queenie. Les chats ont souvent plusieurs maisons, toujours choisies, où trouver de la nourriture et de l'attention. Quand son plus fidèle compagnon humain s'absente, un chien se languit. Il arrive qu'un chat semble à peine remarquer l'absence de l'humain qu'il voit le plus souvent. Il se peut que les chats finissent par aimer certains êtres humains, mais cela ne veut pas dire qu'ils aient besoin d'eux ou qu'ils se sentent redevables.

La Plus Grosse Proie de Ming

La romancière et nouvelliste américaine Patricia Highsmith (1921-1995) inventa le personnage de Tom Ripley, meurtrier amoral au cœur de cinq de ses livres et de plusieurs adaptations filmiques. Elle est aussi l'autrice de nouvelles où des animaux maltraités prennent leur revanche sur des êtres humains. Dans sa biographie de Highsmith, Andrew Wilson affirme, au sujet de ces contes : "En donnant aux animaux le statut de sujet, en formulant leurs pensées, Highsmith s'inscrit contre la tradition philosophique occidentale, qui célèbre le rationalisme de l'homme[6]." L'une de ses nouvelles met en scène un cafard, qui ne voit pas pourquoi il ne pourrait pas se dire résident de l'hôtel où il vit, au même titre que les humains de passage là-bas.

On a parfois affirmé que Highsmith s'était inspirée de ses chats pour façonner le personnage de Ripley, et selon certaines sources, elle aurait baptisé l'un d'entre eux du même nom, en référence à son antihéros psychopathe. Mais la psychopathie ne touche que les humains[7]. Si les chats ont parfois l'air impassible, c'est que leurs émotions se lisent sur leurs oreilles et sur leur queue plutôt que sur leur visage. Ils s'expriment aussi en ronronnant. Le ronronnement signifie généralement qu'ils se sentent heureux, mais ce n'est pas toujours le cas : il peut aussi signaler leur détresse. Quoi qu'il en soit, il n'y a jamais rien de feint.

L'empathie de Highsmith pour les créatures non humaines pouvait aller très loin. Un jour qu'elle marchait dans le quartier de Soho, elle tomba sur un pigeon blessé qui gisait là, dans le caniveau. Son compagnon lui fit admettre qu'il n'y avait rien à faire, mais elle était visiblement bouleversée. La cruauté des élevages en batterie la scandalisait, et elle disait que si elle parvenait à démasquer le voisin qui avait coupé la queue d'un chat noir, elle n'hésiterait pas à lui tirer dessus... "pour l'abattre". Elle adorait les escargots : elle en élevait dans son jardin, dans le Suffolk, et il lui arrivait d'en embarquer une bonne centaine dans son sac à main, avec une énorme laitue. Quand elle emménagea en France, elle fit passer la frontière à quelques-uns de ses escargots de compagnie en les cachant sous sa poitrine[8]. L'auxiliaire de vie qui s'occupa d'elle dans ses vieux jours se rappelle qu'elle ramenait au jardin les araignées qui s'étaient égarées chez elle, en veillant à ne pas les blesser. "Elle trouvait les êtres humains étranges. Elle se disait qu'elle ne les comprendrait jamais et c'est peut-être pour cela qu'elle aimait tant les chats et les escargots[9]." Un ami de longue date précisa par écrit : "Quant aux animaux en général, elle les voyait comme des individus qui avaient chacun leur personnalité et se comportaient souvent mieux que les humains, avec plus de dignité et d'honnêteté[10]."

Jeune adulte en lutte avec sa sexualité, Highsmith consulta un psychanalyste qui voulut "la guérir" de son homosexualité. Il semblerait qu'elle ait temporairement envisagé de contracter un mariage conventionnel. Puis elle eut de nombreuses amantes et noua de solides amitiés avec des hommes gays, mais n'aurait apparemment jamais trouvé dans ces relations la joie que lui apportaient ses compagnons les animaux. Elle aimait les chats d'un amour passionnel, affirmant qu'ils "offrent aux écrivains quelque chose que les humains ne peuvent leur apporter : une amitié sans attentes ni intrusions, aussi paisible et perpétuellement mouvante qu'une mer d'huile qui ondoierait à peine[11]".

Dans "La Plus Grosse Proie de Ming", Highsmith laisse un beau chat siamois se venger de l'homme qui fréquente sa maîtresse. Ming cherche avant tout la quiétude :

> Ce que Ming aimait le mieux, c'était rester allongé au soleil avec sa maîtresse dans un des longs fauteuils en toile sur la terrasse de leur maison. Ce que Ming n'aimait pas, c'était les gens qu'elle invitait parfois chez elle, les gens qui y passaient la nuit, les dizaines de gens qui restaient debout très tard à boire et à manger, à faire marcher l'électrophone ou à jouer du piano [...]. Les gens qui lui marchaient sur les orteils, les gens qui le soulevaient par-derrière avant qu'il pût réagir, de sorte qu'il était obligé de se tortiller et de se débattre pour se libérer, les gens qui le caressaient avec rudesse, les gens qui fermaient une porte quelconque et l'emprisonnaient ainsi dans une pièce. Les gens ! Ming les détestait tous. Dans le monde entier, il n'aimait qu'Elaine. Elaine l'adorait et le comprenait[12].

Quand le nouvel amoureux d'Elaine, Teddie, tente de faire passer Ming par-dessus bord un jour qu'ils se promènent au large d'Acapulco, Ming décide de riposter. Plus tard dans la journée, de retour à la villa, Teddie tente à nouveau de se débarrasser de Ming, cette fois en le jetant du haut de la terrasse. Ming lui saute sur l'épaule et l'emporte dans sa chute. Teddie rend l'âme, alors que Ming est simplement essoufflé. Se remettant de ce corps à corps, il s'installe pattes repliées sur la pierre encore chaude d'un coin de terrasse ombragé :

> On parla beaucoup en bas, il y eut des bruits de pieds, des craquements de broussailles qu'on brisait, et puis l'odeur de

> tous ces inconnus parvint en haut des marches, une odeur de sueur et de tabac, qu'accompagnait l'odeur familière du sang. Le sang de l'homme. Ming en éprouva une impression agréable, analogue au plaisir qu'il ressentait quand il tuait un oiseau et faisait naître sous ses propres dents cette odeur de sang. Mais il s'agissait là d'une grosse proie. Ming, sans attirer du tout l'attention du groupe, se redressa complètement quand celui-ci passa avec le cadavre et, le nez levé bien haut, il inhala le parfum de sa victoire[13].

La dernière scène montre Ming au côté de sa maîtresse, dans sa chambre. Elaine lui caresse la tête, soulève une de ses pattes et exerce une légère pression sur les coussinets pour en faire sortir les griffes. "« Oh, Ming – Ming ! » dit-elle. Ming reconnut les intonations de l'amour[14]."

Comme celui de Colette, ce conte plaira aux amoureux des chats. Le point de vue narratif est celui de Ming, qui reste un personnage séduisant tout au long de l'histoire. Peut-être n'a-t-il pas grande tendresse pour les humains en général, mais ce n'est qu'après la tentative de meurtre qu'il range Teddie au nombre de ses ennemis, et quand Ming prend sa revanche, il s'agit pour ainsi dire d'un cas de légitime défense. La relation entre Ming et Elaine est plus difficile à définir. Il ne fait aucun doute qu'elle l'aime. On ne peut cependant pas savoir si Ming partage ses sentiments, ou s'il la considère simplement comme une créature auprès de laquelle il se sent bien. Mais ne pourrait-on pas, quand bien même, parler d'amour ?

L'amour félin diffère de l'amour humain pour de nombreuses raisons. Chez les félins, l'accouplement ne dure que quelques instants et les partenaires ne passent pas le restant de leurs jours ensemble. À l'exception des lions, qui protègent parfois leurs petits, les mâles ne s'occupent pas de leur progéniture. Dès que la mère a transmis les compétences de base aux petits, ils partent faire leur vie. Mais l'amour félin présente des qualités que l'on ne trouve quasiment jamais dans la vie amoureuse des humains. Si les chats s'aiment, ce n'est pas pour tromper la solitude, l'ennui ou le désespoir. Ils s'aiment quand l'envie leur prend et quand ils se sentent en bonne compagnie.

Dans sa jeunesse, Highsmith fut une inconditionnelle de Marcel Proust, le plus grand analyste de l'amour humain. Jusque vers ses vingt-cinq ans, elle se vit autant comme une artiste que comme une écrivaine, puis elle continua de faire de la peinture, du dessin et de la sculpture sur bois toute sa vie. Ses dessins, dont certains furent publiés de façon posthume, représentent souvent des chats, et l'un d'entre eux s'intitule *Marcel Proust Examining His Own Bathwater*[15].

L'œuvre de Proust est une minutieuse dissection de l'amour humain. Voici ce qu'en dit Germaine Brée, spécialiste en études proustiennes :

> La société constitue une sorte de bouillon de culture où les individus peuvent expérimenter toutes les façons d'entrer en contact [...]. C'est le berceau de l'amour [...]. Mais ce qui se développe par-dessus tout, sous toutes ses formes, c'est le besoin de "divertissement" dans le sens pascalien du terme. Pour ceux qui vivent en société, le "divertissement" est l'art d'utiliser les autres dans le seul but de satisfaire ses besoins et de tromper son ennui. Quand il est question de sentiments, on ne peut ni s'avouer cette exploitation, ni l'avouer aux autres. C'est pourquoi les personnages de Proust sont cachottiers, hypocrites et déloyaux. Ils se mentent à eux-mêmes et mentent aux autres sous divers prétextes, dissimulant ainsi leurs véritables intentions [...]. Disposant de son argent et de son temps, entièrement livrée à elle-même, cette bourgeoisie n'a qu'un seul désir profond : échapper au vide de l'existence et se façonner, dans la substance stérile et troublante de la vie, un masque qui soit rassurant et flatteur. Elle ne veut ni comprendre ni savoir, simplement se parer et s'amuser[16].

Comme Brée le fait remarquer, l'analyse proustienne de l'amour présente de nombreux points communs avec la conception pascalienne du divertissement. Ce qui différencie Proust de Pascal, c'est l'idée que le divertissement suit des lois impersonnelles. L'amour est le produit de mécanismes dont l'amoureux ne sait rien, et la comédie des toquades et des désillusions le montre en proie à des forces qu'il ne peut ni comprendre ni contrôler. La vanité et la jalousie le propulsent dans un monde imaginaire, qui lui permet d'oublier le vieillissement de son corps et la mort vers laquelle il avance inexorablement. L'amour érotique est un engrenage, et c'est la dimension mécanique de cet amour qui le rend salvateur. Même la plus maladive des jalousies et la plus amère des déceptions nous soulagent momentanément du sentiment de vide. L'amour fait barrage au savoir, à la compréhension (de soi-même ou des autres), permettant ainsi aux humains d'oublier qui ils sont.

Selon cette analyse proustienne, l'amour humain est plus mécanique que l'accouplement des bêtes. En amour plus qu'en tout autre domaine, l'aveuglement régit nos comportements. À l'inverse, quand un chat éprouve de l'amour, ce n'est pas pour se mentir. Les chats sont peut-être égoïstes, mais ils ne sont pas sujets à la vanité, du moins en comparaison des humains. Ce qu'ils attendent de nous, c'est un espace où retrouver leur état normal, c'est-à-dire un état de contentement. Si un humain leur fournit un tel espace, ils peuvent finir par l'aimer.

Pour l'amour de Lily

Le romancier Jun'ichirō Tanizaki (1886-1965) fut reconnu pour son portrait d'un Japon en pleine transformation à l'époque de sa modernisation. Dans une grande partie de son œuvre, il s'interroge sur ce que le pays a pu perdre chemin faisant. Le Japon avait notamment perdu, selon lui, une conception particulière de la beauté. Dans un long essai, *Éloge de l'ombre* (1933), Tanizaki écrit :

> le beau n'est pas une substance en soi, mais rien qu'un dessin d'ombres, qu'un jeu de clair-obscur produit par la juxtaposition de substances diverses. De même qu'une pierre phosphorescente qui, placée dans l'obscurité, émet un rayonnement, perd, exposée au plein jour, toute sa fascination de joyau précieux, de même le beau perd son existence si l'on supprime les effets d'ombre[17].

Il ne faudrait pas croire que Tanizaki préfère l'obscurité à la lumière. L'obscurité fait partie de la beauté de la lumière :

> Non point que nous ayons une prévention a priori contre tout ce qui brille, mais à un éclat superficiel et glacé, nous avons toujours préféré les reflets profonds, un peu voilés ; soit, dans les pierres naturelles aussi bien que dans les matières artificielles, ce brillant légèrement altéré, qui évoque irrésistiblement les effets du temps. [...] C'est une défaite, me direz-vous, et je vous l'accorde, mais il n'en est pas moins vrai que nous aimons les couleurs et le lustre d'un objet souillé par la crasse, la suie ou les intempéries, ou qui paraît l'être [...][18].

Cette esthétique se caractérise entre autres par son mépris de la perfection. Une partie de l'esthétique occidentale ne peut s'empêcher de voir une belle chose comme l'incarnation imparfaite d'une idée abstraite. Sous l'influence du mysticisme de Platon, les philosophes occidentaux conçoivent la beauté comme une lumière venant d'un autre monde. Par contraste, Tanizaki parle du "lustre de la crasse[19]". C'est dans le monde naturel et dans le quotidien que réside la véritable beauté.

Tanizaki s'intéressait aux différentes formes d'amour et à ce qu'elles disent des êtres humains. L'une de ses plus subtiles explorations de ce thème figure dans son roman *Le Chat, son maître et ses deux maîtresses* (publié pour la première fois en 1936, puis adapté à l'écran), dont le personnage principal est une chatte à la robe d'écaille, vieillissante, mais élégante, nommée Lily.

Le roman s'ouvre sur une lettre, l'une des femmes s'adressant à l'autre au sujet de Lily. Shinako demande à Fukuko, la nouvelle épouse de son ex-mari, Shōzō, de lui céder le chat :

> j'aimerais que vous me cédiez de votre ménage une chose, une seule. Non, non, je ne vous demande pas de me le rendre, lui, il vous appartient. Non, c'est en fait un objet bien moins intéressant, d'aucune valeur… c'est la petite Lily que je voudrais avoir. […] Est-il vraiment inconvenant de ma part de vous demander simplement un chat, en échange de l'immense sacrifice que j'ai consenti pour vous ? Ce petit animal doit vous être bien indifférent, mais vous ne pouvez pas savoir combien il consolerait ma solitude… Je n'aimerais pas passer pour une faible femme, mais quand Lily n'est pas à mes côtés je me sens si abandonnée… Parce que dans ce monde, personne ne daigne me tenir compagnie, excepté cette chatte[20]…

À première vue, cette histoire est celle de trois humains qui se servent d'un chat comme d'une arme pour régler leurs conflits. Le chat s'apparente à un pion dans les démêlés de cette famille. Mais Lily leur importe plus qu'ils n'en ont conscience. Quand Shinako la récupère, Shōzō éprouve un immense sentiment de perte. Il décide de se rendre en secret chez Shinako afin de revoir Lily. Tapi dans un massif de buissons devant la maison de son ex-femme, il remarque une plante d'où émane occasionnellement quelque lueur. "Shōzō […] sentait son cœur bondir dans sa poitrine à l'idée que ce pouvait être les prunelles du chat… C'est Lily, oh quel bonheur !" Son pouls s'accélère, le creux de son estomac se glace :

> Bien qu'en un sens cela fût risible, Shōzō se débattait ainsi dans des tourments que nul être humain ne lui avait fait connaître

> jusqu'alors. Tout juste pouvait-il se targuer d'avoir conté fleurette à des serveuses de café, et d'expérience amoureuse il ne pouvait mettre en avant que ses rendez-vous galants avec Fukuko, en cachette de son épouse précédente [...]. [Mais] l'intrigue avait alors manqué de sérieux, et le désir d'être enfin réunis n'avait rien eu d'absolu[21].

Craignant qu'un retour tardif lui vaille une scène de ménage, Shōzō quitte les lieux. Mais il n'a pas abandonné l'idée de revoir Lily. Le lendemain, il retourne chez son ex-femme. Shinako est sortie, et c'est sa sœur Hatsuko qui garde la maison. Hatsuko guide Shōzō jusqu'en haut d'un escalier très raide pour lui montrer la chambre où Lily se repose. Comme les rideaux sont fermés, la pièce est sombre, mais il devine la silhouette de Lily, allongée sur une pile de coussins, les pattes avant repliées, les yeux mi-clos. Le brillant de son poil suggère que l'on s'occupe bien d'elle. Non loin, une coquille d'œuf et un reste de riz indiquent qu'elle vient de déjeuner.

Shōzō est heureux de voir Lily en bonne forme et en sécurité. Sentant l'odeur de sa litière, il est envahi d'une tristesse amoureuse. "Lily !" s'écrie-t-il. Le chat ne réagit pas. Puis, semblant enfin remarquer sa présence "Elle ouvr[e] un œil glauque et fatigué pour lancer un regard excessivement froid en direction de Shōzō, rien de plus, et sans montrer aucune émotion. Puis elle se cal[e] mieux encore sur ses pattes avant, une onde frileuse parcour[t] son dos, les lobes de ses oreilles, et elle referm[e] les yeux sur ses entrefaites, comme si décidément elle ne pouvait résister au sommeil[22]".

Shōzō essaie de la caresser, mais Lily reste allongée là, à ronronner les yeux fermés. Shinako doit être très attachée à ce chat, se dit Shōzō. Elle n'a plus le sou, mais malgré sa misère elle veille à ce que Lily soit bien nourrie. Les coussins de Lily sont plus garnis que les siens. Il entend ensuite des bruits de pas, et réalise que Shinako est rentrée. Il dévale l'escalier et s'enfuit par la rue, juste avant qu'elle n'arrive. Les derniers mots de l'histoire sont les suivants : "comme s'il était poursuivi par un terrible danger, il fila en prenant ses jambes à son cou dans la direction opposée."

Lily sert peut-être d'arme aux humains qui l'entourent, mais elle est la seule des quatre personnages à être aimée. Shōzō et son ex-femme étaient plus attachés à Lily que l'un à l'autre, ou peut-être qu'à tout être humain. Les pièges qu'ils se tendent sont déjoués par l'amour que chacun d'eux éprouve pour ce chat. Cet amour est peut-être, comme de nombreuses amours humaines, un refuge à l'abri du malheur. Ou peut-être aiment-ils ce chat pour ce qu'il est, d'un amour mêlant tendresse et admiration. Mais personne ne peut connaître les sentiments de Lily pour les humains. Quand le roman touche à sa fin, elle a vieilli, et veut essentiellement dormir. Il se peut qu'elle sente son heure approcher. Pourtant, c'est encore Lily qui illumine la pièce, tandis que les humains ne sont que des ombres fantomatiques dans le prisme chatoyant de son esprit.

Et Gattino disparut

Un autre type d'amour entre un humain et un chat est dépeint dans le magnifique essai de Mary Gaitskill intitulé "Lost Cat[23]". Cet essai se distingue des autres récits que nous venons de résumer : comme avec Jack Laurence et l'histoire de Mèo, citée dans le premier chapitre, il s'agit d'un récit autobiographique au sujet d'un vrai chat, de sa vie et de sa mort.

Née en 1954, Gaitskill se fit un nom grâce à un recueil de nouvelles, *Bad Behavior*, paru en 1988. Cela faisait des années qu'elle affrontait des difficultés personnelles et financières. Adolescente, elle fut renvoyée du pensionnat et ses parents la placèrent dans un institut psychiatrique, d'où elle s'enfuit. Jeune adulte, elle travailla chez un fleuriste, puis comme strip-teaseuse, vendeuse en librairie, correctrice travaillant de nuit et vérificatrice d'informations payée à la tâche, entre autres petits boulots.

À une époque, elle prit une sous-location bon marché au-dessus d'un grand club SM new-yorkais, et ses histoires évoquent souvent le besoin de souffrance et d'humiliation qu'éprouvent les humains. L'une d'entre elles donna le film à succès *Secretary* (2002), mais Gaitskill trouva l'adaptation "trop gentillette et maladroite[24]". Dans un court roman plus tardif, *Faites-moi plaisir*[25], elle raconte l'histoire d'un éditeur aux allures de dandy qui se plaît à insinuer que les femmes ont un besoin de souffrance et de punition, mais dont la carrière est ruinée par des accusations d'agressions sexuelles sur certaines de ses employées.

Les contradictions de l'amour humain font partie des thématiques récurrentes chez Gaitskill. Les humains se tournent vers l'amour pour tromper leur ennui, se réconforter à l'idée d'être l'objet d'une affection ou d'une obsession, saisir l'occasion d'exercer un pouvoir et de faire souffrir les autres ou sa propre personne, et ressentir l'excitation que suscite parfois l'autodestruction. L'amour entre les humains et les animaux ne présente pas ces défauts, et sa perte peut s'avérer plus dévastatrice que la fin d'une histoire d'amour purement humaine.

Dans "Lost Cat", Gaitskill raconte la perte de son chat, âgé d'à peine sept mois. Elle l'avait trouvé lors d'un séjour chez une aristocrate toscane passionnée de littérature, qui avait fait de son domaine une retraite où accueillir des écrivains. Dans la cour d'une ferme alentour se trouvaient trois chatons fort maigres. Celui-ci, encore plus chétif que les deux autres, s'avança maladroitement vers Mary. Il avait les yeux si crottés qu'il pouvait à peine ouvrir les paupières. C'était un tigré au pelage doux, gris et zébré de noir, qui "avait la mâchoire saillante et un grand nez comme une de ces gommes que l'on met au bout des crayons. Sur son corps émacié mais pansu, ce gros museau lui donnait l'air d'un gobelin, et ses grandes pattes frisaient le ridicule. Son anus semblait d'une taille disproportionnée en comparaison de son arrière-train décharné. Abasourdi, il me laissa caresser son échine saillante. Maladroit, il voulut lever sa piteuse queue[26]". Plus loin, elle se souvient qu'il faisait "le dos rond, l'air terrifié mais exalté, fougueux et paré, jusqu'à ce qu'il s'élance d'un bond, levant fièrement sa queue souple et torve... Alors même qu'il était affaibli par la faim. Il n'avait pas froid aux yeux, ce chat[27]".

Il avait un œil mort, l'autre à moitié fonctionnel, et Mary l'appela Chance. "J'aimais bien Chance, comme j'aime tous les chatons. Lui, il m'aimait bien parce que je le nourrissais. Le regard qu'il portait sur moi était neutre, comme si j'étais une créature parmi tant d'autres en ce monde[28]." Quelque temps plus tard, Chance se mit à lever la tête chaque fois que Mary entrait dans la pièce, pour lui lancer un regard appuyé. "Je ne peux pas être sûre de ce que ce regard voulait dire, j'ignore ce que les animaux pensent ou ressentent. Mais il avait l'air de me regarder avec amour. Il me suivait partout dans l'appartement. Il venait sur mes genoux quand je travaillais à mon bureau. Il me rejoignait dans mon lit pour dormir, et trouvait le sommeil en grignotant doucement le bout de mes doigts. Quand je le caressais, son corps s'arrondissait sous ma main. Quand j'approchais mon visage, il tendait la patte pour me caresser la joue[29]."

Comme l'époux de Mary n'aimait pas ce nom, Chance, et qu'elle n'était pas non plus convaincue, le chaton fut rebaptisé McFate. McFate prit des forces et s'avéra doté d'"un certain charme, celui d'une canaille borgne dont le port altier et les oreilles dressées donnaient à ce corps fragile quelque chose de vaillant. Il prit du poids, et ses grandes pattes et sa queue, jusqu'alors ridicules, devinrent élégantes. Des zébrures prononcées lui dessinaient un collier, et quand il se roulait sur le dos pour que je le caresse, son ventre d'un beige tacheté m'évoquait un ocelot. Quand il était d'humeur hardie, il avait l'air d'un petit gangster vêtu d'un *zoot suit*". Mais comme il avait gardé une certaine fragilité, Mary décida que McFate “était un nom trop solennel et trop cruel pour une si petite créature au cœur vacillant”, et qu’il s’appellerait Gattino[30]. Mary annonça à son époux qu’elle voulait ramener Gattino aux États-Unis. Il en fut déconcerté, comme le seraient tant d’autres personnes, elle le savait bien. Les gens “pensaient que mon attachement relevait de la névrose, que je projetais mes propres besoins sur un animal[31]”.

Quand Mary décida de ramener Gattino chez elle, elle se demanda s’il était mal d’éprouver davantage d’amour pour un animal que pour des êtres humains qui souffrent. Elle avait aimé certains humains, y compris des enfants qu’elle avait hébergés dans le cadre d’un programme d’aide aux familles noires des quartiers défavorisés, ainsi que son père, mort dans la souffrance après avoir refusé de soigner un cancer. Mais ces formes d’amour avaient été complexes et frustrantes :

> Chez les hommes, l’amour a de nombreux défauts, et même quand ce n’est pas le cas, les gens se méprennent, le rejettent, l’utilisent ou le manipulent systématiquement. S’il est difficile de protéger l’être aimé de la souffrance, c’est que les hommes choisissent souvent de souffrir, et je suis moi-même quelqu’un qui choisit souvent de souffrir. Un animal n’opte jamais pour la souffrance : un animal peut recevoir notre amour bien plus facilement que tout être humain, même très jeune. C’est pourquoi je pensais pouvoir donner un foyer plein d’amour à un chaton[32].

Parfois, sur les chemins aux abords de la villa toscane, Mary pensait à son père. Elle emportait dans ses promenades une grosse bille qui lui avait appartenu. Sans véritablement y croire, elle se demandait si l’âme de son père ne s’était pas partiellement réincarnée dans le corps de Gattino. Une nuit, tandis que le chaton ronronnait sur ses genoux, Mary vit une petite bille bleu ciel sortir de sous une commode et rouler par terre. “Elle était belle, étincelante, et c’était quelque chose d'invisible pour mes yeux qui l'avait fait bouger. On eût dit le signe magique d'un pardon, comme la présence de ce petit chat plein d'amour[33]." Elle plaça la bille sur le rebord de sa fenêtre, à côté de celle de son père.

Faisant les démarches nécessaires à l'obtention d'un passeport pour Gattino, Mary l'emmena chez le vétérinaire et celui-ci l'enferma dans une cage, à côté d'un énorme chien qui grognait et aboyait sur le chaton. Gattino alla d'abord se cacher derrière une couchette, puis se tourna vers le chien d'un air de défi. "[C]e fut la première fois que je lui vis cet air terrifié mais paré, déterminé à affronter tout ennemi, aussi grand et féroce fût-il[34]." Quand elle prit le long vol transatlantique qui la ramènerait chez elle, Gattino fit le voyage à son côté, "observant d'un œil intrépide les alentours de sa boîte. Car Gattino était fort intrépide. Il ne broncha pas plus dans l'avion que dans la voiture, alors qu'il n'avait presque rien mangé depuis la veille au soir. Il patienta bien installé dans sa boîte, ses fines pattes royalement étendues devant lui, m'adressant un regard calme, la tête relevée, l'air confiant... Si je l'avais libéré, il se serait promené queue en l'air dans les allées de l'avion[35]".

Arrivé aux États-Unis, Gattino fut présenté aux autres chats de la maison. Comme il les approcha avec tact et déférence, l'emménagement se passa bien. La famille s'en alla vivre dans une autre maison, une vraie poubelle dont le propriétaire n'avait pas fait le ménage et dont la gazinière, hors service, était le nid de nombreuses souris. Les choses commencèrent à clocher. Mary perdit son passeport et son époux égara un collier qu'elle lui avait offert. Elle perdit aussi la bille bleue qu'elle avait trouvée en Italie. Mais Gattino adorait leur nouvelle maison. Il jouait dans la cour avec les autres chats et ne semblait pas particulièrement vouloir s'aventurer dans la rue. Mary se disait d'ailleurs que s'il sortait, il n'aurait aucun mal à retrouver son chemin, puisqu'il y avait une friche de l'autre côté de la rue.

C'est alors que Gattino disparut. De retour chez elle après quelques heures d'absence, Mary le chercha partout dans la nuit. C'est à ce moment que des mots lui parvinrent pour la première fois : "J'ai peur." Gattino et elle étaient connectés, elle le sentait. Elle voulut répondre "Ne t'inquiète pas. Reste où tu es. Je vais te retrouver". Mais elle se dit "J'ai peur, moi aussi. Je ne sais pas où tu es". Elle craignait qu'en percevant sa peur, il se sente d'autant plus perdu, mais c'était plus fort qu'elle. Elle colla des affichettes, envoya des e-mails et prévint le service de sécurité du campus universitaire situé à deux pas. Trois nuits plus tard, une nouvelle pensée lui parvint : "Je suis seul." La cinquième nuit, un gardien téléphona pour dire qu'il avait vu un petit chat borgne et svelte en train de faire les poubelles. L'appel fut passé à deux heures du matin, heure à laquelle le téléphone était en silencieux. Personne ne décrocha.

Mary prit alors la décision d'aller consulter une voyante qu'un ami lui avait recommandée. La voyante lui dit que Gattino était en difficulté, et qu'il se mourrait. Elle décrivit l'endroit où Gattino pouvait se trouver, et Mary se rendit sur place pour le chercher nuit et jour. Un matin, alors qu'elle allait s'endormir, des mots se formèrent encore dans son esprit : *Je meurs*, puis *Au revoir*[36].

Mary se leva et prit un somnifère. Deux heures plus tard, elle se réveilla le visage baigné de larmes. Elle se demanda :

> Qui décide [...] du caractère tragique d'une mort ? Qui décide de l'importance ou de l'insignifiance des choses ? Est-ce que c'est une histoire de chiffres ou de masse corporelle ou d'intelligence ? Quand on est une petite créature ou une petite personne qui meurt toute seule, dans la souffrance, on peut oublier ou ignorer que l'on est petit. Au-delà d'un certain degré de souffrance, on ne se rappelle pas forcément qui l'on est ou ce que l'on est : alors on ne voit parfois plus que sa propre souffrance, qui est immense [...]. D'où vient

la décision ? Du bon sens ? Est-ce que le bon sens peut arbitrer en la matière[37] ?

Un an après la mort de Gattino, Mary le cherchait encore. Cette quête eut un impact sur son rapport aux êtres humains. En route pour un refuge où elle voulait voir si quelqu'un ne l'avait pas ramené, elle entendit sur l'autoradio une histoire de mercenaires américains qui avaient abattu un étudiant en médecine irakien alors qu'il sortait de sa voiture, ainsi que sa mère, qui avait surgi du même véhicule pour le prendre dans ses bras. Ce genre d'histoires l'avaient jusqu'alors laissée insensible. Elle les trouvait à présent déchirantes. "C'était la disparition du chat qui m'avait fait ça : son insignifiance même, le fait qu'on ne lui accorde aucune véritable importance avait rendu la déchirure possible[38]."

Elle en eut l'esprit aussi brisé que le cœur. Elle consulta une autre voyante, qui lui dit que Gattino était mort, probablement d'une insuffisance rénale causée par une intoxication, puis en appela une troisième, selon laquelle il était mort sans souffrance, pelotonné comme s'il allait s'endormir. Elle retourna coller des affichettes, et reçut immédiatement des appels de la part de personnes qui disaient avoir vu un petit chat borgne. Un autre gardien, "un vieil homme assez taiseux", affirmait avoir vu Gattino trois mois plus tôt, mais depuis, rien. "Je n'ai pas vu beaucoup de chats ces derniers temps, ajouta-t-il. Mais je vais vous dire ce que j'ai vu. Il y a un énorme lynx qui rôde dans tous les recoins du campus tard le soir. Il y a ça, et il y a beaucoup de coyotes." Le message était clair. Mary se dit qu'au moins, c'était une mort qu'un animal comprendrait[39]. Pourtant, elle avait le sentiment qu'il était encore là. Elle rêva de lui des mois durant. Dans son rêve, elle l'appelait depuis la cour et il venait à elle comme il l'avait fait dans la réalité, "accourant queue en l'air, sautillant dans son empressement, jusqu'à bondir sur mes genoux[40]".

Alors que son père vivait ses dernières heures, Mary lui avait posé une question. "Papa, dis-je, raconte-moi ta souffrance. Dis-moi ce que ça t'a fait, à toi." Elle se disait qu'il ne l'avait sûrement pas entendue, mais elle avait l'impression d'entendre le début d'une réponse quand elle cherchait Gattino tard le soir, et que les rues étaient vides. "Je compris alors que la disparition de mon chat me permettait en réalité d'obtenir une réponse miséricordieuse à ma question[41]." Elle savait que cette impression risquait d'être le produit d'une pensée magique, mais elle en doutait. Dans la vie humaine, il est difficile de faire la part des choses entre ce qui est réel et ce que l'on s'imagine :

> Si quelqu'un m'avait dit de me tartiner de merde et de me rouler par terre dans la cour, si ce conseil était venu d'un expert en chats capable de me convaincre que, oui, cela pourrait faire revenir mon chat, je l'aurais probablement fait. Pour moi, cette misérable croyance n'était pas une "pensée magique". Je ne la trouvais pas très différente de toute autre forme de pensée. C'était plutôt que l'ordre visible, l'ordre habituel des choses me semblait désormais inacceptable – absurde, oui – parce que trop violemment contraire aux besoins de mon esprit dérangé. D'autres types d'ordre commencèrent à m'apparaître comme le sang coule d'une blessure et se coagulèrent parmi les débris de l'ordre que j'avais jusqu'alors connu. Je ne sais toujours pas si cette réalité morcelée était complètement illusoire, un geste de l'esprit désespéré, ou si c'était l'interprétation inepte et partielle de quelque chose de réel, quelque chose de plus grand que ce que je pouvais vraiment voir[42].

Alors que Mary perdait l'espoir de retrouver Gattino, elle partit dans le Montana pour intervenir dans une université. Sa chambre d'hôtel donnait sur une rivière et, un jour, elle vit quelqu'un détacher un chien qui sauta dans l'eau, "les pattes béatement écartées". Elle sourit et se dit, "Gattino". Même s'il était mort, il était là, dans ce grand saut de joie pattes écartées. "Cette idée était sans doute une illusion, une façon de me voiler la face. Mais pas ce chien. Ce chien était réel. Et Gattino aussi[43]."

Que Gattino ait encore été là ou non, peu importe. Ce qui compte, c'est le fait que Gattino ait existé, et ce qu'il a accompli. L'affection de Mary pour ce chat était différente de tout ce qu'elle éprouvait pour les êtres humains. Les sentiments de vanité, de cruauté, de remords et de regret, qui s'enchevêtrent dans les histoires d'amour humaines, en étaient absents. Les souvenirs qu'elle avait de Gattino modifièrent les sentiments qu'elle avait pour son père, pour les enfants qu'elle accueillait et pour l'étudiant en médecine qui s'était fait abattre. Un amour par-delà les frontières du monde humain vint démêler l'amour qu'elle avait éprouvé pour les humains.

Chez les êtres humains, l'amour et la haine s'entremêlent souvent. Nous pouvons très bien éprouver du ressentiment pour des personnes que nous aimons de tout cœur. L'amour que nous vouons à d'autres êtres humains peut nous insupporter, être perçu comme un fardeau, une entrave à notre liberté, tandis que l'amour qu'ils nous portent nous semble parfois faux et traître. Si, malgré ces doutes, nous continuons de les aimer, nous finissons parfois par nous détester nous-mêmes. L'amour que les animaux peuvent nous vouer, et réciproquement, ne se gauchit pas de la sorte.

La disparition de Gattino faillit s'avérer trop douloureuse pour Mary. Pourtant, il avait connu une vie qui n'avait pas la tristesse de certaines vies humaines. Comme l'explique Gaitskill :

> Être un homme, en fin de compte, c'est jouer perdant, car nous sommes tous destinés à perdre cette image de nous-mêmes que nous avons soigneusement construite, notre force physique, notre santé, notre précieuse dignité et, enfin, notre vie[44].

Gattino vécut au petit bonheur la chance et mourut par accident, mais ce ne fut pas un perdant. En l'espace d'une vie courte, intrépide et tout sauf tragique, il donna à Mary quelque chose qu'aucun être humain n'avait pu lui donner. Pendant quelque temps, elle fut soustraite aux lois du plaisir et de la douleur. Elle n'avait plus de haine pour ceux qu'elle aimait… et les aimait sans se haïr. Insignifiante au premier abord, une créature minuscule et borgne avait détruit puis remodelé son monde. Gattino était peut-être bien, après tout, une créature magique.

V

LE TEMPS, LA MORT ET L'ÂME FÉLINE

L'adieu de Mourry

Vers la fin de son autobiographie, le philosophe russe Nicolas Berdiaeff relate une des plus profondes expériences d'une vie mouvementée :

> Tout au début de la Libération, un fait se produisit dans notre vie qui me fut plus sensible qu'on ne saurait le croire. Ce fut la mort de notre cher chat, Mourry. Je me suis senti en union avec toute la création attendant la rédemption. Avant de mourir, Mourry se traîna dans la chambre de Lydie, elle-même déjà gravement atteinte, et sauta sur son lit pour faire ses adieux. Ce fut très émouvant. Je pleure rarement, mais à sa mort je versai des larmes amères. La mort de cette créature de Dieu, charmante, fut pour moi l'expérience de la mort en général, de la mort des êtres aimés. J'exigeais la vie éternelle pour mon chat, la vie éternelle pour nous deux. [...] Je ne puis consentir à la vie finie [...]. Comment ne pas réclamer le revoir et l'union dans la vie éternelle[1] !

Il peut sembler étrange que ce philosophe fût tant peiné de la mort de son chat. Mais Berdiaeff n'était pas n'importe quel philosophe. Ce qui le distingue de ses collègues d'antan et d'aujourd'hui, c'est qu'il vit sombrer et disparaître un monde humain que l'on eût dit éternel.

Né à Kiev en 1874, époque où l'Ukraine faisait partie de l'Empire russe, Berdiaeff grandit au sein d'une famille aristocratique dont il était le fils unique. Son père, libre-penseur, était sceptique en matière de religion. Sa mère, née d'une famille russe orthodoxe, réprouvait la religion d'État et penchait pour le catholicisme. Toute sa vie durant, Berdiaeff lutta systématiquement contre ce qui visait à restreindre sa liberté de penser. Perpétuant une tradition familiale, il fit ses classes dans une école militaire, mais partit bien vite étudier la philosophie à l'université de Kiev. Comme une grande partie de la population de l'époque, il devint marxiste, et, en 1898, il fut arrêté lors d'une manifestation, puis renvoyé de l'université. Travaillant ensuite pour une imprimerie clandestine, il fut de nouveau arrêté et condamné à trois années d'exil à Vologda. Les conditions de vie y étaient clémentes en regard de celles infligées aux opposants du tsarisme, et sans commune mesure avec la rudesse des camps que Lénine et Staline mettraient en place.

De retour à Kiev, Berdiaeff rencontra puis épousa la poète Lydie Trusheff, avec qui il partagerait le restant de ses jours, et le couple emménagea à Saint-Pétersbourg. Reniant le marxisme, mais pas la dissidence, Berdiaeff s'immergea dans la vie intellectuelle de cette ville pendant les années qui précédèrent la Première Guerre mondiale et la révolution russe. Ne se cachant plus d'être un penseur de la religion, il publia un article contre les mesures disciplinaires que le Saint-Synode de l'Église orthodoxe infligeait aux moines s'écartant du dogme officiel. Arrêté pour blasphème, il fut condamné à l'exil à perpétuité en Sibérie, mais les bolcheviques accédèrent au pouvoir et la sentence ne fut jamais exécutée.

Berdiaeff se trouva très vite en désaccord avec le nouveau régime. On l'autorisa à enseigner et à écrire, et en 1920, il fut nommé professeur de philosophie à l'université de Moscou, mais peu de temps après, il fut arrêté, accusé de conspiration et jeté en prison. Le redoutable Félix Dzerjinski, directeur de la police secrète de Lénine, lui fit passer un interrogatoire dans sa cellule, et l'échange tourna à la polémique au sujet du bolchevisme. En septembre 1922, Berdiaeff fut expulsé de l'Union soviétique.

Avec d'autres grandes figures de l'intelligentsia russe (des artistes, des intellectuels, des scientifiques et des écrivains), il embarqua sur l'un des navires qui deviendraient "les bateaux des philosophes", deux bateaux à vapeur loués par le gouvernement bolchevique pour acheminer vers l'Allemagne des intellectuels potentiellement frondeurs et leurs familles. D'autres furent envoyés par train à Riga, en Lettonie, ou déportés par bateau d'Odessa jusqu'à Istanbul. Il semble que l'on doive cette stratégie de déportation de l'intelligentsia à Lénine lui-même[2].

Arrivés en Allemagne, Berdiaeff et son épouse emménagèrent d'abord à Berlin, puis à Paris, où ils vécurent jusqu'à la fin de leurs jours. Ce fut un écrivain prolifique qui participa à de nombreux débats avec d'autres émigrés russes et la communauté des intellectuels français. Il continua d'écrire sous l'occupation nazie et publia deux livres après la Seconde Guerre. Il mourut assis à son bureau, chez lui, à Clamart, près de Paris, en 1948.

Berdiaeff se passionnait pour les grandes questions du temps, de la mort et de l'éternité. Il écrit :

> On s'étonne de la facilité avec laquelle les gens acceptent le sens proposé, qui au fond est sans rapport avec leur destin individuel et unique. L'harmonie universelle, le triomphe de la raison universelle, le progrès, le bien et la prospérité de toutes sortes de collectivités : États, nations, sociétés, – autant d'idoles auxquelles l'homme est subordonné[3].

Pour Berdiaeff, si la mort est la fin, la vie n'a aucun sens. La vie est une lutte pour trouver un sens au-delà de la vie, un sens qui pourrait la sauver du vide. Ce qui fait l'originalité de Berdiaeff, c'est d'inclure son chat dans cette lutte.

Il est peu probable que Mourry ait lui-même eu le sentiment de s'investir dans cette mission. Ne partageant pas la peur des humains, qui redoutent que la mort mette fin à l'histoire de leur vie, les chats n'ont que faire d'une autre vie où l'histoire se poursuit. Cependant, Berdiaeff n'a probablement pas tort de penser que Mourry sait qu'il va quitter les êtres humains avec qui il a partagé sa vie. Les chats sentent leur dernière heure venir. Et comme Doris Lessing a pu le constater, ils sont parfois prêts à accueillir la mort.

Décrivant la réaction de sa chatte gravement malade, Lessing écrit :

> Ses mâchoires et sa bouche s'étaient couvertes d'une écume blanche et poisseuse qui s'essuyait difficilement. Je la nettoyai. Elle retourna se recroqueviller dans le coin, regardant droit devant elle. Sa position m'inspirait de sombres pressentiments : immobile, patiente, sans dormir. Elle attendait. [...] [L]es chats décident de mourir. Ils cherchent un endroit frais, à cause de la chaleur de leur sang, s'y recroquevillent, et attendent de mourir.
>
> Quand je ramenai la chatte noire à la maison [après une nuit à la clinique des chats], elle sortit dans le jardin d'un air lugubre. C'était le début de l'automne, et il faisait froid. Elle s'accroupit contre le mur glacé du jardin, sur la terre froide, et reprit la position patiente de la nuit précédente.
>
> Je la rapportai dans la maison, la déposai sur une couverture pas trop près du radiateur. Elle retourna dans le jardin : même position, même position patiente et mortelle.
>
> Je la rapportai une nouvelle fois dans la maison et l'y enfermai. Elle se traîna jusque devant la porte et y resta, figée, dans l'attente de mourir[4].

Lessing ne la laissa plus sortir et s'occupa d'elle chaque jour, heure après heure, pendant plusieurs semaines. La chatte guérit et, quelques mois plus tard, elle était égale à elle-même, “le pelage luisant, propre, et ronronnant”. Elle avait oublié sa convalescence, mais quelque part dans sa mémoire s'était logé un souvenir de la salle d'examen de la clinique vétérinaire, car elle se mit à trembler puis resta tétanisée pendant plusieurs heures quand il fallut la ramener là-bas, pour traiter une otite.

Il semble que Lessing se soit sentie un peu coupable à l'idée d'avoir forcé la chatte à "revenir malgré elle à la vie". Cette chatte, en conclut Lessing, était "une chatte normale, avec des instincts normaux[5]".

La civilisation comme déni de la mort

L'idée d'une vie après la mort est apparue avec les êtres humains. Il y a environ 115 000 ans, l'humain creusait déjà des tombes où l'on a retrouvé des animaux, des fleurs, des herbes médicinales et des objets de valeur, comme des cornes de bouquetin. Il y a 35 ou 40 000 ans, des kits de survie complets (nourriture, vêtements et outils) étaient placés dans des sépultures aux quatre coins du monde[6]. L'homme est l'animal défini par la mort.

Le déni de la mort a grandi avec la conscience réflexive des êtres humains. Selon Ernest Becker (1924-1974), anthropologue culturel et psychanalyste, la fuite de la mort a constitué le moteur de la civilisation. La peur de la mort serait aussi à l'origine de l'ego, que les humains construisent pour se protéger du sentiment d'impuissance engendré par leur conscience de la temporalité et de la mortalité.

La vie de Becker fut particulièrement marquée par divers face-à-face avec la mort. Âgé de dix-huit ans, il s'engagea dans l'armée et servit dans un bataillon d'infanterie qui libéra un camp d'extermination nazi. En décembre 1973, condamné par un cancer, il dit au philosophe Sam Keen, venu lui rendre visite à l'hôpital : "Tu arrives *in extremis*. On va voir si tout ce que j'ai écrit sur la mort était vrai. Et je vais pouvoir montrer comment on meurt[7]." Becker avait formulé ses théories dans son ouvrage *The Denial of Death* (1973), pour lequel il reçut posthumément le prix Pulitzer 1974, puis les avait développées dans *Escape from Evil*, qui parut deux ans après sa disparition.

De tous les aspects de sa condition que l'humain fuit dans le divertissement, la mortalité est le plus redoutable. Pour la plupart des humains, l'idée de leur propre inexistence est insoutenable, et plus ils s'efforcent d'oublier cette idée, plus elle les obsède. Les rituels peuvent aider à se libérer de cette souffrance, car il s'agit de pratiques qui n'engagent pas simplement l'esprit, mais l'ensemble de l'organisme. Selon Becker, c'est le "système mythico-rituel" qui permet d'échapper à l'angoisse de la mort :

> Le système mythico-rituel est une structure sociale permettant de canaliser les obsessions. [...] Il génère automatiquement un sentiment de sécurité et chasse le désespoir en aidant les hommes à ne pas voir plus loin que le bout de leur nez. Pour un organisme vivant, la défaite du désespoir n'est pas une question exclusivement intellectuelle : c'est une question d'autostimulation par le mouvement. Au-delà d'un certain seuil, l'homme ne trouve plus de réconfort dans le "savoir", mais seulement dans la vie et dans l'action en ce qu'elles permettent un oubli de soi partiel. [...] La névrose est l'invention d'un rituel obsessionnel privé venant remplacer le rituel socialement convenu, aujourd'hui perdu avec la mort de la société traditionnelle. Les coutumes et les mythes de la société traditionnelle fournissaient une grande interprétation du sens de la vie, prête à l'emploi pour tout un chacun : l'individu n'avait plus qu'à accepter de la vivre comme une vérité. C'est précisément ce que le névrosé du monde moderne doit faire pour "guérir" : embrasser une illusion vivante[8].

Becker distingue ici les sociétés traditionnelles, dont les rites collectifs soulagent les humains de leurs peurs de la mort, des sociétés modernes, où les individus sont censés gérer leurs angoisses par eux-mêmes. La réalité de la société moderne est celle d'une névrose collective, qui sombre régulièrement dans la pure folie. Les névroses sont moins les symptômes d'une maladie que des tentatives d'autoguérison. Les mouvances totalitaires de l'époque moderne sont des tentatives de ce type. Mais les êtres humains ne peuvent se guérir de leur nouvelle condition : celle d'individus isolés qui restent seuls même quand ils se réfugient dans un sentiment d'appartenance à la masse.

Le raisonnement aggrave la névrose moderne :

> les caractéristiques dont l'esprit moderne s'enorgueillit sont justement celles de la folie. Nul n'a l'esprit plus rationnel, nul ne s'intéresse aux détails des rapports de cause à effet avec autant de minutie qu'un fou. Les aliénés sont les plus grands logiciens que nous connaissions, et cette caractéristique fait partie de ce qui les mène à leur perte. Toutes leurs fonctions vitales sont réduites à leur esprit. Qu'ont-ils donc de plus, les hommes sains d'esprit ? Ils sont capables d'être insouciants, d'ignorer les apparences, de se détendre et de rire à la face du monde. Les fous ne peuvent pas lâcher prise, ils ne peuvent pas miser toute leur existence sur un pari saugrenu comme celui de Pascal. Ils ne peuvent pas faire ce que la religion a toujours requis : croire en une justification de leur vie qui paraît absurde[9].

Les humains cherchent le pouvoir afin d'avoir le sentiment d'échapper à la mort, et selon Becker, le mal qu'ils font vient de la même pulsion. Les comportements cruels permettent de garder à distance toute pensée de la mort :

> Le sadisme résorbe naturellement la peur de la mort [...] car dans la manipulation et la haine actives, nous permettons à notre organisme de s'absorber dans le monde extérieur. La conscience réflexive et la peur de la mort sont ainsi maintenues en sous-régime. Nous croyons devenir les maîtres de la vie et de la mort quand nous tenons le destin des autres

entre nos mains. Tant que nous pouvons tirer, nous pensons davantage à tuer qu'au risque d'être tué. Soit, comme un sage gangster l'a dit dans un film : "Quand les tueurs arrêtent de tuer, ils se font tuer[10]."

Comme le fait remarquer Becker, les idéologies du monde moderne étaient souvent des cultes de l'immortalité. Au sein du bolchevisme russe, un courant très influent voyait la défaite de la mortalité comme le but ultime de la révolution, et quand Lénine fut embaumé, une partie de l'équipe avait l'intention de le ressusciter dès que les avancées scientifiques le permettraient[11]. L'ambition de vaincre la mort par la science connaît une nouvelle vie en Occident, le directeur de l'ingénierie chez Google, Ray Kurzweil, s'imposant comme un grand défenseur de l'immortalité par la technologie[12].

L'analyse de Becker est convaincante. Mais les humains adoptent des attitudes contradictoires face à la mort, et les religions ou les philosophies n'ont pas toujours eu pour but de nier la mortalité. Dans le polythéisme grec, on voit les dieux se lasser de leur immortalité et envier la courte vie des humains. Quand ils interviennent dans les affaires humaines, c'est pour tromper leur ennui et se venger des hommes, qui ont la chance d'être mortels. L'oubli qui va de pair avec la mort est l'un des privilèges de l'humanité.

D'autres religions ont un rapport ambigu à la mortalité. D'un certain point de vue, le bouddhisme espère feinter la mort. Celui qui sort du cycle des réincarnations ne connaîtra plus la mort. Considéré sous un autre angle, le bouddhisme est une quête de la mortalité[13]. Connaître le salut, c'est être libéré des souffrances de la vie. La fin des renaissances est aussi celle des souffrances. Mais qu'en est-il si la métempsychose n'existe pas ? Après tout, dans les enseignements du Bouddha, l'âme est une illusion. En l'absence de réincarnation, tout individu finit par échapper à la souffrance, quoi qu'il fasse. Sa seule et unique mort est entière et définitive.

Sur ce point, Épicure marque un point face au bouddhisme. Si le but est de mettre un terme à la souffrance, toute créature connaîtra le salut, puisqu'elle connaîtra la mort. Sauf qu'Épicure se contredit. Si les humains veulent être délivrés de leurs souffrances, ils peuvent se donner la mort à la première occasion. Bizarrement, ce sage de l'Antiquité ne tire pas cette conclusion, n'approuvant le suicide que dans les situations extrêmes.

Les êtres humains visent peut-être l'autodétermination, comme le suggère Spinoza dans sa théorie du *conatus*. Mais il arrive que cet effort les épuise, et c'est alors qu'ils peuvent être tentés de mettre fin à leurs jours. De nombreuses personnes au bord du suicide sont attirées par des philosophies promettant la disparition du sujet en tant qu'individu distinct. Certaines envisagent sa fusion au sein de quelque entité métaphysique – la forme platonicienne du bien, ou quelque chose de l'ordre de l'âme universelle. D'autres, comme celle de Schopenhauer, vouent le moi à se dissoudre dans le néant.

Pour de nombreux humains, être un individu est un fardeau. Les philosophies de l'histoire ont été inventées pour en alléger le poids. Berdiaeff savait que l'un des atouts du communisme était d'offrir un remède à la solitude, et de nos jours, le libéralisme répond à un besoin de cet ordre. Si nous sommes chacun une âme à part, distincte et différente de toutes les autres, notre histoire et notre destin n'appartiennent qu'à nous. Si, à l'inverse, nous avançons vers une sorte d'harmonie universelle des humains, nous ne sommes plus seuls. Nos vies appartiennent à une histoire qui nous dépasse, à une fable de l'autoréalisation collective des humains. Quand bien même nous disparaîtrions à tout jamais en tant qu'individus, le sens de nos vies nous survivrait.

Mais les êtres humains n'ont pas tous peur de la mort, et certains veulent parfois mourir. Quelques-uns regrettent d'être nés. Contrarié par le monde, leur *conatus* veut s'anéantir. Ces humains se réjouiraient d'un effacement complet de leur vie. Thomas Hardy campe un personnage de ce type dans "La Complainte de Tess". On peut lire ce poème comme un commentaire de son roman *Tess d'Urberville* (1891), l'histoire d'une jeune fille de la campagne qui tente d'échapper à sa condition et finit pendue pour le meurtre de son amant. Faisant le bilan de sa vie, Tess préférerait faire table rase :

> *Cela me ronge d'y penser,*
> *De penser à tout cela !*
> *Je ne peux supporter mon sort comme une sentence,*
> *Et je préférerais n'avoir pas vécu ;*
> *Que mon souvenir s'efface,*
> *Que tout ce qui reste de moi se dilue,*
> *Que mes actes soient annulés*
> *Et qu'il n'y ait de moi plus de trace*[14] *!*

Tess ne veut pas mourir, elle veut disparaître de la surface de la Terre comme si elle n'avait absolument jamais existé.

Si les chats pouvaient faire le bilan de leur vie, formuleraient-ils jamais un tel souhait ? Probablement pas. Ne faisant pas de leur vie un récit, ils ne peuvent pas y voir une tragédie, ni regretter d'être nés. Ils acceptent la vie comme un cadeau.

Les humains sont différents. Ce sont les seuls animaux prêts à mourir pour leurs croyances. Les monothéistes et les rationalistes en font le signe de notre supériorité. Cela montre que nous vivons pour nos idées, plutôt que par instinct de satisfaction. Mais si les humains sont les seuls animaux à mourir pour leurs idées, ce sont aussi les seuls à tuer pour elles. Tuer et mourir pour des idées vides de sens, voilà comment de nombreux êtres humains ont donné du sens à leur vie.

S'identifier à une idée, c'est se sentir protégé de la mort. Comme les êtres humains qu'elles obsèdent, les idées vivent et meurent. Bien qu'elles puissent survivre à plusieurs générations, elles vieillissent tout de même et finissent par mourir. Pourtant, quand ils sont en proie à une idée, les humains sont ce que Becker appelle des "illusions vivantes". En s'identifiant à une toquade éphémère, ils peuvent se figurer hors du temps. En tuant ceux qui ne partagent pas leurs idées, ils peuvent croire qu'ils ont vaincu la mort.

En tant que prédateurs, les chats tuent pour vivre. Les femelles sont prêtes à mourir pour leurs petits, et les chats risquent souvent leur vie pour s'évader d'un lieu clos. Contrairement aux humains, ils n'iront jamais tuer ni mourir dans l'espoir de jouir d'une quelconque immortalité. Il n'y a pas de chat kamikaze. Quand les chats veulent mourir, c'est qu'ils ne veulent plus vivre.

Selon Wittgenstein :

> Si l'on entend par éternité non la durée infinie mais l'atemporalité, alors il a la vie éternelle celui qui vit dans le présent[15].

Parce qu'ils se croient capables de concevoir la fin de leur vie, les humains pensent mieux connaître la mort que les autres animaux. Mais ce que les humains prennent pour leur future mort est une image que leur conscience du passage du temps a forgée dans leur esprit. Ne sachant de sa vie que ce qu'il vit au présent, le chat est un mortel immortel qui ne pense à la mort qu'à l'heure de sa dernière heure. Il n'est pas étonnant qu'on lui ait parfois voué un culte.

Les chats comme divinités

En tant qu'ils incarnent une liberté et un bonheur que les humains n'ont jamais connus, les chats sont étrangers à leur monde. Si l'on a pu dire de ces créatures qu'elles n'étaient pas "naturelles", c'est qu'elles vivent selon leur nature. Étant donné qu'on ne trouve aucune vie de ce type chez les humains, ceux-ci ont parfois vu les chats comme des démons ou comme des divinités.

Pour comprendre le culte du chat dans l'Égypte ancienne, il faut faire abstraction de certains concepts qui nous semblent aujourd'hui évidents. Comme l'explique Jaromir Malek :

> La distinction que nous faisons instinctivement entre les hommes et les animaux n'était pas perçue de façon aussi forte et la catégorie des "animaux" n'existait, en fait, pas. En d'autres termes, les "êtres vivants" incluaient les dieux, les hommes et les animaux. Un traité de théologie, datant du règne de Shabaka (716-702 av. J.-C.) mais peut-être composé dès le IIIe millénaire av. J.-C., décrit le cœur et la langue du dieu créateur Ptah comme présents dans "tout dieu, toute personne, toute bête, tout ver, tout ce qui vit". Tout comme les hommes, les animaux avaient été créés par le dieu créateur, le vénéraient à leur manière et bénéficiaient de sa protection. Dans certains cas exceptionnels, leur lien avec le dieu pouvait être encore plus direct que celui qu'il avait avec les humains[16].

Les mythes progressistes du XIXe siècle déteignent sur l'idée que nous nous faisons des peuples anciens. Renouvelant l'histoire de l'Égypte ancienne, John Romer résume cette mythologie :

> Le grand roman historique des archéologues [de l'Égypte] était le récit d'un progrès universel pseudo-évolutionniste allant de l'état sauvage à la création du Ritz en passant par le mythe des barbares[17].

Selon ce mythe rationaliste, la société de l'Égypte ancienne était sous l'emprise de la pensée magique. Incapables de différencier leurs pensées du monde naturel, les peuples de ces temps lointains estompaient les frontières qui séparent la vie de la mort et les dieux du gouvernement. Mais c'est une vision rétrospective qui projette les idées et les croyances de notre époque sur ces humains de l'Antiquité.

La culture de l'Égypte ancienne ne présente aucun équivalent de notre conception moderne de ce que signifie être humain. Les êtres humains ne bénéficiaient d'aucun statut les distinguant des autres animaux. Le rapprochement plus tardif de l'esprit humain et de l'esprit divin, qui se fit dans la Grèce et la Rome antiques, était absent de cette culture, de même que l'idée de "religion". La frontière que la modernité trace entre le royaume sacré du culte et le monde "séculier" de la vie quotidienne n'existait pas. Les Égyptiens étaient les héritiers de traditions animistes où le monde était habité par de nombreux esprits. Dans ces traditions, les humains n'étaient pas supérieurs aux autres animaux. Il n'y avait pas deux ordres des choses complètement distincts (celui de la matière insensible et celui des âmes immatérielles), mais un seul ordre que partageaient les âmes animales et humaines. Bon nombre de nos catégories de pensées les plus fondamentales, qui semblent aller de soi, étaient absentes de cette culture.

Les philosophies de ces derniers siècles affirment que la civilisation humaine avance d'un pas majestueux vers notre triomphe. Les visions archaïques sont remplacées par des visions modernes. Les mythes et les rituels capitulent face aux explications scientifiques et aux raisonnements pragmatiques. Toute conception du chat comme animal magique doit être reléguée à un passé primitif.

Pourtant, l'esprit humain n'a pas beaucoup changé depuis ces temps reculés, et l'idée que nous sommes complètement différents des Égyptiens de l'Antiquité est elle-même relativement archaïque. Nos connaissances sont beaucoup plus approfondies, et le pouvoir que nous exerçons sur le monde matériel est bien supérieur à celui qui était le leur, mais cela ne nous rend pas moins sujets à la pensée mythologique.

Si l'on se défait de cette mythologie progressiste dépassée, une autre conception du culte des chats s'esquisse. Dans l'Égypte ancienne, c'est un processus naturel qui transforma les chats en divinités. Ils commencèrent à interagir puis à vivre avec les humains, peu ou prou comme ils l'avaient fait au Proche-Orient.

Aux alentours de l'an 4000 av. J.-C., des chats sauvages arrivés par hasard dans des villages égyptiens trouvèrent des réserves de grain fréquentées par des rongeurs et des serpents, qu'ils tuèrent pour se nourrir. Au cours des deux millénaires suivants, une symbiose se mit en place, les chats tirant parti de ces ressources alimentaires fiables, et les humains, d'une réduction des nuisibles. À compter de l'an 2000 av. J.-C., les chats s'introduisirent dans les foyers et furent acceptés en tant que compagnons. "De cette manière, explique Malek, le chat devint finalement un animal domestique, ou, plus précisément, se domestiqua lui-même[18]."

En Haute-Égypte, dans un petit tombeau d'Abydos, un cimetière du Moyen Empire approximativement daté des années 1980-1801 av. J.-C., dix-sept squelettes de chats furent retrouvés près d'une rangée de petits récipients peut-être originellement destinés à contenir du lait. Si cela se confirmait, il s'agirait du premier cas connu de chats adultes nourris de cette façon[19]. Entre 1000 av. J.-C. et l'an 350 de notre ère, les Égyptiens commencèrent à voir les chats comme les manifestations de certaines divinités, en particulier de la déesse Bastet, et à les élever dans des temples. Sur une stèle (petite dalle de pierre au dessus arrondi, souvent placée à l'arrière des grands temples) de 1250 av. J.-C., Prê (Râ, le dieu soleil) est représenté par deux chats. Cette stèle comporte un poème qui semble être aussi bien adressé au "grand chat" qu'au dieu soleil :

Adressant des louanges au grand chat,
embrassant la terre devant Prê, le grand dieu :
Ô, le paisible, qui retourne à la paix,
tu me fais voir les ténèbres de ta création.
Éclaire-moi pour que je puisse percevoir ta magnificence,
tourne-toi vers moi,

Ô le magnifique quand il est en paix,
le paisible qui connaît un retour à la paix[20].

Après avoir accédé au statut de compagnon utile à la maisonnée, le chat devint un bon présage et un animal sacré. Les Égyptiens portaient des amulettes à son effigie sur leur corps ou leurs vêtements. À l'aube du Nouvel Empire (à compter de 1540 av. J.-C.), les chats figuraient sur les tombeaux des pharaons, protégeant le dieu soleil dans sa descente nocturne vers le monde des morts. Dans certains "livres de l'au-delà" écrits à cette époque, les chats sont campés dans la posture du garde à l'affût des ennemis de leur dieu, postés en sentinelles devant les dernières portes que celui-ci doit franchir sur le chemin du retour à la vie et à la lumière. Des statuettes les représentent en compagnie de dieux qu'ils soutiennent et protègent. Certains objets montrent des humains agenouillés, en adoration devant les chats eux-mêmes.

Au tournant du IVe siècle avant notre ère, un "temple du chat vivant" existait dans la nécropole d'Hermopolis, non loin d'un grand cimetière de chats momifiés. La momification n'était pas réservée aux chats : on embaumait aussi les mangoustes, les ibis, les vautours, les faucons et les crocodiles, entre autres, et bien sûr les humains. Mais les Égyptiens en momifiaient beaucoup, et vers la fin du XIXe siècle, des cargaisons entières de chats momifiés furent acheminées par bateau vers l'Europe. En raison d'un surplus de l'offre, ces momies servirent souvent d'engrais, voire de poids pour lester les navires, et beaucoup d'entre elles furent détruites ou perdues.

Hérodote raconte qu'en Égypte, quand une maison prenait feu, ses habitants s'inquiétaient plus de leurs chats que de leurs biens. Le jour où un membre d'une délégation romaine de passage en Égypte causa accidentellement la mort d'un chat, en l'an 59 av. J.-C., cet homme fut lynché malgré l'intervention du pharaon. Et le sage égyptien Ankhsheshonq donnait l'avertissement suivant : "Ne riez pas d'un chat[21]."

Les chats n'avaient pas bonne réputation chez les monothéistes : Clément d'Alexandrie, théologien chrétien du IIe siècle de notre ère, reprochait déjà aux Égyptiens d'avoir des chats dans leurs temples. Mais certaines traditions théistes se sont montrées plus respectueuses. Pour le frère catholique italien saint François d'Assise (1182-1226), l'amour de la création de Dieu était aussi l'amour de toutes les créatures de Dieu. La loi juive comprend des commandements selon lesquels les animaux doivent être traités avec compassion, notamment en laissant un jour de repos aux animaux de la ferme, selon une prescription d'il y a 3 000 ans. Le prophète Mahomet est connu pour avoir coupé la manche de sa robe afin de ne pas déranger un chat qui s'était endormi dessus, tandis que Baybars (*c.* 1223-1277), sultan de l'époque médiévale, fit don d'un paisible jardin aux chats errants du Caire.

Les chats jouaient de nombreux rôles dans l'Égypte ancienne : compagnons des humains en route pour une autre vie, ils étaient aussi la manifestation des dieux, ou bien encore leurs protecteurs. La concordance de tous ces rôles montre la subtilité de la pensée de l'Égypte ancienne. Mais elle dit aussi ce qu'incarnent les chats. Le chat symbolisait une affirmation de la vie dans un monde obnubilé par la mort. La religion égyptienne répondait à l'approche de la mort en préparant le passage vers une autre vie, mais elle avait besoin du chat pour que l'humain se sente encore vivant dans le royaume de l'au-delà. Ne découvrant la vie qu'au seuil de leur mort, les chats ne sont pas gouvernés par la mort. Les Égyptiens avaient de bonnes raisons de vouloir que les chats les accompagnent dans leur voyage vers l'au-delà.

Face à la mort, les humains et les chats étaient dans le même bateau. En Égypte ancienne, il était inconcevable que l'âme fût l'apanage des humains. Mais si la mort épargne l'âme, l'âme féline est plus proche de l'immortalité que ne le sera jamais l'âme humaine.

VI

LES CHATS ET LE SENS DE L'EXISTENCE

Si les chats pouvaient comprendre la quête humaine de sens, ils ronronneraient joyeusement de son absurdité. La vie des chats qu'ils sont par contingence porte assez de sens à leur goût. Les humains, au contraire, ne peuvent s'empêcher de chercher du sens au-delà de leur vie.

La quête de sens vient de la conscience de la mort, qui est un produit de la réflexivité humaine. Terrifiés à l'idée que leur vie prenne fin, les êtres humains ont inventé des religions et des philosophies dans lesquelles le sens de leur vie leur survit. Toutefois, le sens que les humains fabriquent étant fragile, ils vivent dans une peur encore plus grande. Les histoires qu'ils se sont façonnées prennent le dessus, et ils passent leur temps à s'efforcer d'être le personnage de leur invention. Ils sont dépossédés de leur propre vie par une figure que leur imagination fabrique de toutes pièces.

L'une des conséquences de cette façon d'être est que chaque perturbation de leur schéma narratif peut tourner à l'obsession. Il arrive que l'on perde un être cher, que notre vie soit menacée ou que l'on soit forcé de quitter son domicile. Ceux qui font de leur vie une histoire tragique tentent de surmonter les pertes irrémédiables qu'ils ont subies. Mais c'est une stratégie qui a un coût. Si voir sa vie comme une tragédie peut lui donner du sens, c'est aussi se rendre esclave de ses propres peines.

Il arrive que les chats endurent de terribles souffrances et que leur vie soit brutalement fauchée. Mèo avait connu bien des horreurs et quand ses souvenirs traumatiques étaient déclenchés, elles lui revenaient à l'esprit. Gattino vécut ses premiers mois et très probablement ses dernières heures dans la souffrance. Ces deux chats savaient très bien ce qu'était la douleur. Aucun d'entre eux n'avait la moindre idée de ce qu'est une tragédie. Malgré leurs souffrances, ils vécurent dans la joie et non dans la peur. Les humains peuvent-ils vivre ainsi ? Ou bien l'humanité est-elle trop fragile pour mener une vie de chat ?

Nature féline, nature humaine

Nombreux sont ceux qui voudraient supprimer du vocabulaire l'idée de nature humaine. Les êtres humains sont à eux-mêmes leurs propres créatures, disent-ils. Contrairement aux autres animaux, ils sont libres d'être ce qu'ils veulent. Parler de nature humaine est une façon d'entraver cette liberté et de livrer les êtres humains à la tyrannie des normes arbitraires.

C'est ce qu'on appelle le postmodernisme, un mouvement promu par des penseurs comme Jean Baudrillard et Richard Rorty (bien qu'il ait pris de nombreuses formes). Tel que Jean-Paul Sartre le prêchait à ses débuts, l'existentialisme était l'idée que les humains n'ont pas de nature, seulement des histoires qu'ils se sont fabriquées. Les romantiques voulaient que chaque vie humaine soit une œuvre d'art, une création *ex nihilo* pareille (se disaient-ils) aux meilleures œuvres d'art. Mais si les humains sont semblables aux autres êtres vivants en ce qu'ils sont le produit des hasards de l'évolution, comment pourraient-ils créer leur propre nature ? Il est vrai que l'animal humain se fabrique une nature artificielle. C'est en partie ce que veut dire Pascal quand il écrit : "La coutume est une seconde nature qui détruit la première. Mais qu'est-ce que nature ? Pourquoi la coutume n'est-elle pas naturelle ? J'ai grand-peur que cette nature ne soit elle-même qu'une première coutume, comme la coutume est une seconde nature[1]." Mais cette seconde nature est peut-être plus superficielle que ne le croyait Pascal.

Rescapé de quinze années de travail dans les camps du Goulag, en Arctique, où les températures hivernales tombaient souvent en dessous de 50 °C et où la durée de vie moyenne était d'environ trois ans, l'écrivain russe Varlam Chalamov faisait observer que quelques semaines de grand froid, de faim, d'exploitation et de coups suffisaient à anéantir l'humanité de tout être humain. Hormis quelques exemples isolés de bienveillance, le récit de Chalamov n'illustre en rien la résilience de l'"esprit humain". Seules quelques créatures non humaines font preuve d'altruisme : les ours et le bouvreuil qui attirent l'attention du chasseur pour que leur mâle ou leur femelle puisse s'échapper, le husky qui protège les prisonniers et grogne sur les gardes, le chat qui aide les détenus à pêcher des poissons.

Les êtres humains perdent vite leur humanité, tandis que les chats ne cessent jamais d'être des chats. Mais si ce que les êtres humains prennent pour leur nature est un agrégat de coutumes qui peut se déliter en quelques semaines, qu'est-ce qui, chez les êtres humains, leur appartient vraiment ?

Quoi qu'en disent les postmodernistes, la nature humaine existe bel et bien. En premier lieu parce qu'elle s'exprime dans la quête universelle de sens. Mais la nature humaine a produit de nombreuses formes de vie divergentes et parfois antagonistes. Qui pourrait connaître sa propre nature, quand la nature humaine est si contradictoire ? L'idée que nous avons tous une nature qui nous est propre ne serait-elle qu'une fiction métaphysique de plus ?

La vérité que renferme la fiction d'une nature individuelle est que pour chacun d'entre nous, la vie bonne n'est pas une vie que l'on choisit, mais une vie que l'on trouve. Même quand il découle de décisions que nous pensons avoir prises nous-mêmes, nous ne déterminons pas le cours de notre vie. La vie bonne n'est pas la vie que l'on veut, mais la vie dans laquelle on se réalise. C'est le *conatus* de Spinoza et la croyance taoïste qui veut que chacun suive son chemin intérieur, sans la métaphysique.

En cela, nous sommes comme toutes les autres créatures. Les humains ne valent ni mieux ni moins que les animaux. Il n'y a pas d'échelle de valeurs cosmique, pas de grande chaîne de l'être : aucune norme extrinsèque selon laquelle estimer la valeur d'une vie. Les humains sont des humains, les chats sont des chats. La différence est la suivante : tandis que les chats n'ont rien à apprendre de nous, nous pouvons apprendre d'eux comment alléger le fardeau qui pèse sur tout être humain.

Nous pouvons nous libérer d'un poids en renonçant à l'idée qu'une vie pourrait être parfaite. Il ne s'agit pas de dire que nos vies sont nécessairement imparfaites : elles sont plus riches que toute idée de la perfection. La vie bonne n'est pas la vie que vous auriez pu mener ou celle que vous pouvez encore mener, mais la vie qui est déjà la vôtre. C'est en cela que les chats peuvent être nos maîtres, car ils ne regrettent pas les vies qu'ils n'ont pas vécues.

Dix astuces félines pour vivre bien

Apprendre la vie aux humains, cela n'intéresse pas les chats, et si c'était le cas, leur méthode ne consisterait pas à édicter des commandements. On peut toutefois imaginer que les chats pourraient nous donner quelques astuces pour vivre moins bizarrement. De toute évidence, ils ne s'attendraient pas que nous suivions leurs conseils. Ils nous feraient leurs suggestions d'un air malicieux, comme pour s'amuser et amuser leurs disciples.

1 – N'essayez jamais de ramener les êtres humains à la raison

Vouloir persuader les êtres humains qu'il faut être rationnel revient à vouloir convertir les chats au véganisme. Les êtres humains ont recours à la raison pour consolider tout ce qu'ils veulent bien croire, rarement pour savoir si ce qu'ils croient est vrai. C'est peut-être regrettable, mais personne n'y peut rien. Si la déraison humaine vous contrarie dans vos desseins ou vous met en danger, passez votre chemin.

2 – Il est idiot de se plaindre d'un manque de temps

Si vous croyez manquer de temps, c'est que vous employez mal votre temps. Consacrez-vous aux activités qui répondent à vos objectifs et qui vous enthousiasment en elles-mêmes. Suivez cette règle de vie, et vous aurez du temps à revendre.

3 – Ne cherchez pas de sens à votre souffrance

Quand on est malheureux, il arrive que l'on cherche du réconfort dans sa propre tristesse, mais le risque est d'en faire le sens de sa vie. Ne vous attachez pas à votre souffrance, et fuyez ceux qui le font.

4 – Mieux vaut l'indifférence que le sentiment d'amour obligé

Peu d'idées se sont avérées plus dangereuses que celle de l'amour universel. Il vaut mieux cultiver l'indifférence, qui peut devenir bienveillance.

5 – Oubliez votre quête du bonheur, et vous le trouverez peut-être

Vous ne trouverez pas le bonheur en lui courant après, car vous ne savez pas ce qui vous rendra heureux. Consacrez-vous plutôt à ce qui vous passionne et vous serez heureux sans rien savoir du bonheur.

6 – La vie n'est pas une histoire

Si vous voyez votre vie comme une histoire, vous serez tenté de l'écrire jusqu'au bout. Mais vous ne savez pas comment vous allez finir vos jours, ni ce qui vous attend d'ici là. Autant jeter le script à la poubelle. Une vie qui n'est pas scénarisée vaut plus la peine d'être vécue que toute histoire de votre invention.

7 – N'ayez pas peur du noir, car la nuit renferme de nombreux trésors

Vous avez appris à penser avant d'agir, et ce n'est pas un mauvais conseil. Agir selon des émotions passagères reviendrait peut-être à écouter les préceptes de philosophies éculées, que vous avez intégrées sans réfléchir. Mais parfois, il vaut mieux suivre une intuition qui chatoie dans le noir. Qui sait sur quel chemin elle vous guidera ?

8 – Dormez pour la joie de dormir

Dormir afin de pouvoir travailler plus dur à son réveil est un rythme de vie d'une tristesse sans nom. Dormez pour le plaisir et non pour le profit.

9 – Méfiez-vous de quiconque voudrait vous rendre heureux

Ceux qui veulent vous rendre heureux veulent eux-mêmes être moins malheureux. Votre souffrance leur est indispensable, puisque sans elle, ils perdraient une partie de leur raison d'être. Gardez-vous de ceux qui disent vivre pour autrui.

10 – Si vous ne pouvez pas vous faire à la vie de chat, regagnez sans regret le monde humain du divertissement

Vivre comme un chat, c'est se contenter de la vie que l'on mène. Cela veut dire vivre sans consolations, et il se peut que cela vous soit insupportable. Dans ce cas, embrassez une religion passée de mode, de préférence une de celles qui sont riches en rituels. Si vous ne trouvez aucune foi à votre convenance, absorbez-vous dans la vie courante. Les élans et les déceptions de l'amour romantique, la soif d'argent et l'ambition, la comédie de la politique et la clameur des actualités chasseront bientôt toute impression de vide.

Mèo le chat perché

Un philosophe félin n'encouragerait pas les humains à chercher la sagesse. Si la vie elle-même ne vous procure aucun plaisir, trouvez satisfaction dans l'inconstance et dans l'illusion. Ne luttez pas contre les peurs qu'inspire la mort. Laissez-les se dissiper. En aspirant sans relâche à la tranquillité, vous ne connaîtrez jamais que le tourment. Au lieu de vous retirer du monde, regagnez-le et embrassez sa folie.

Il se peut que vous vouliez parfois vous recentrer sur vous-mêmes. Regarder le monde sans s'efforcer de le rendre conforme à nos récits est un regard que de nombreuses traditions appellent la contemplation. Si l'on regarde les choses sans vouloir les changer, celles-ci peuvent offrir un aperçu de l'éternité. Chaque instant est entier, et le spectacle du mouvement constant se révèle à vos yeux comme hors du temps. L'éternité n'est pas une réalité d'un autre ordre, mais le monde vu sans angoisse.

Pour les humains, la contemplation est une pause en rupture avec la vie. Pour les chats, c'est la sensation que leur procure la vie elle-même. Mèo vécut toujours dans le danger, et passa quantité d'heures perché sur le rebord de la fenêtre, dans un équilibre fragile. Il ne cherchait aucun sens au monde qu'il observait à ses pieds. Les chats nous montrent que la quête du sens est, comme celle du bonheur, une distraction. Le sens de la vie est un effleurement, un parfum qui croise par hasard votre chemin et qui se volatilise avant même que vous ne le réalisiez.

NOTES

I – LES CHATS ET LA PHILOSOPHIE

1. J'ai discuté cette conception rationaliste de la religion dans *Seven Types of Atheism* (Penguin Books, Londres, 2019, p. 9-14).
2. Arthur Schopenhauer, *Le Monde comme volonté et comme représentation*, trad. Auguste Burdeau, Félix Alcan, Paris, 1912, p. 1398.
3. Peter Godfrey-Smith, "Du bruit blanc à la conscience", *Le Prince des profondeurs : l'intelligence exceptionnelle des poulpes*, trad. Sophie Lem, Flammarion, Paris, 2021, p. 127-168.
4. J'examine certaines conceptions de l'évolution du cosmos dans *The Immortalization Commission: The Strange Quest to Cheat Death* (Penguin Books, Londres, 2012, p. 213-219).
5. Concernant l'idée que les humains sont peut-être les seuls êtres conscients de tout le cosmos, voir James Lovelock, *Novacene: The Coming Age of Hyperintelligence*, Allen Lane, Londres, 2019, p. 3-5.
6. Michel de Montaigne, "Apologie de Raimond Sebond", *Essais*, mis en français moderne par Pierre Michel (éd.), Folio Gallimard, Paris, 1965, t. II, p. 156.
7. *Ibid.*, p. 155, 156.
8. Sextus Empiricus, *Les Hipotiposes pirroniennes*, trad. Claude Huart, Amsterdam, 1725, p. 7.
9. Michel de Montaigne, "Apologie de Raimond Sebond", *op. cit.*, p. 202.
10. *Ibid.*, p. 202-203.
11. Concernant l'idée d'une philosophie/antiphilosophie homéopathique chez Wittgenstein, voir K. T. Fann, *Wittgenstein's Conception of Philosophy*, Partridge Publishing, Singapour, 2015. Dans un appendice, Fann se penche sur les affinités que les derniers travaux de Wittgenstein présentent

avec le taoïsme (voir p. 99-114). Hugo Friedrich explique le scepticisme de Montaigne envers la philosophie au début du chapitre “La sagesse de Montaigne” dans son ouvrage *Montaigne* (trad. Robert Rovini, Gallimard, Paris, 1968).

12. John Laurence, *The Cat from Hué: A Vietnam War Story*, PublicAffairs, New York, 2002, p. 23.

13. *Ibid.*, p. 496.

14. *Ibid.*, p. 489.

15. *Ibid.*, p. 485.

16. *Ibid.*, p. 491, 498-499.

17. *Ibid.*, p. 498.

18. *Ibid.*, p. 820.

19. *Ibid.*, p. 822.

20. *Ibid.*

21. Pour un ouvrage de référence sur la domestication des chats, voir Abigail Tucker, *Un lion sur le canapé : comment les chats ont pris le pouvoir*, trad. Marguerite Capelle, Albin Michel, Paris, 2019, p. 59-64.

22. *Ibid.*, p. 61.

23. *Ibid.*, p. 87.

24. Elizabeth Marshall Thomas, *The Tribe of Tiger: Cats and Their Culture*, illustré par Jared Taylor Williams, Orion Books, Londres, 1995, p. 3.

25. Voir Peter P. Marra et Chris Santella, *Cat Wars: The Devastating Consequences of a Cuddly Killer*, Princeton University Press, Princeton (NJ), 2016, p. 19.

26. Carl Van Vechten, *The Tiger in the House*, Dover Publications, New York, 1996, p. 75.

27. Keith Thomas, *Man and the Natural World: Changing Attitudes in England 1500-1800*, Allen Lane, Londres, 1983, p. 109-10.

28. Robert Darnton, *The Great Cat Massacre and Other Episodes in French Cultural History*, Basic Books, New York, 2009, p. 96.

29. Carl Van Vechten, *op. cit.*, p. 74-75.

II – POURQUOI LES CHATS N'ONT AUCUN MAL À ÊTRE HEUREUX

1. George Santayana, *Three Philosophical Poets: Lucretius, Dante, Goethe*, Doubleday Anchor Books, Garden City (NY), 1953, p. 183.
2. Marc Aurèle, *Pensées pour moi-même*, trad. Mario Meunier, Garnier-Flammarion, Paris, 1992, p. 42-43.
3. Joseph Brodsky, "Homage to Marcus Aurelius", *On Grief and Reason: Essays*, Penguin Books, Londres, 2011, p. 245.
4. Sénèque, *Épîtres à Lucilius*, *Œuvres complètes de Sénèque le philosophe*, trad. Pintrel, J.-J. Dubochet et compagnie, Paris, 1844, p. 654-685.
5. Blaise Pascal, *Pensées*, in Michel le Guern (éd.), *Œuvres complètes*, Gallimard, Paris, t. 2, 2000, p. 583.
6. *Ibid.*, p. 583-584.
7. *Ibid.*, p. 551-552.
8. Michel de Montaigne, "De la diversion", *op. cit.*, t. III, p. 80-81.
9. Michel de Montaigne, "De l'amitié", *op. cit.*, t. I, p. 205-279.
10. Blaise Pascal, *Pensées*, *op. cit.*, p. 575.
11. Voir "Le Mémorial", recueilli dans diverses éditions des œuvres de Pascal et accessible en ligne.
12. Blaise Pascal, *Pensées*, *op. cit.*, p. 576.
13. *Ibid.*, p. 557.
14. Concernant le pari de Pascal, voir *Pensées*, *op. cit.*, p. 676-681.
15. *Ibid.*, p. 818-819.
16. *Ibid.*, p. 615.
17. James Boswell, *Vie de Samuel Johnson*, trad. Gérard Joulié, éditions L'Âge d'Homme, Lausanne, 2002, p. 213.
18. Samuel Johnson, *Histoire de Rasselas, prince d'Abyssinie*, trad. N. Adts, Bruxelles, Aug. Schnée, Librairie de E. Dentu, Paris, 1860, p. 84-85.
19. Christopher Smart, "For I Will Consider My Cat Jeoffry". Recueilli dans de nombreuses anthologies et disponible dans *The Sophisticated Cat*, Joyce Carol Oates et Daniel Halpern (éd.), Pan Books, Londres, 1994, p. 61-64.
20. Samuel Johnson, *op. cit.*, p. 198.

III – ÉTHIQUE FÉLINE

1. Blaise Pascal, *Pensées*, *op. cit.*, p. 562.
2. Voir Alasdair MacIntyre, "L'émotivisme : contexte et contenu sociaux", *Après la vertu : étude de théorie morale*, trad. Laurent Bury, Presses universitaires de France, Paris, 1997, p. 23-35.
3. Voir Bernard Williams, "La moralité, l'institution particulière", *L'Éthique et les Limites de la philosophie*, trad. Marie-Anne Lescourret, Gallimard, Paris, 1990.
4. Aristote, *Histoire des animaux*, trad. Pierre Pellegrin, Flammarion, Paris, 2017.
5. Concernant la vie bonne chez les dauphins, voir Alasdair MacIntyre, "L'intelligence des dauphins", *L'Homme, cet animal rationnel dépendant : les vertus de la vulnérabilité*, trad. Gabriel Raphaël Veyret, Tallandier, Paris, 2020.
6. Voir A. C. Graham, *Disputers of the Tao: Philosophical Argument in Ancient China*, Open Court, La Salle (IL), 1989, p. 13-14 et p. 191-192.
7. Je parle de cet échec de Darwin, qui revient sur sa conception de la sélection naturelle comme processus sans finalité, dans mon livre *Seven Types of Atheism* (*op. cit.*, p. 54-55).
8. Voir mon livre *Chiens de paille : réflexions sur les humains et autres animaux*, Les Belles Lettres, Paris, 2019.
9. Antonio R. Damasio, *Spinoza avait raison : le cerveau de la tristesse, de la joie et des émotions (Looking for Spinoza: Joy, Sorrow, and the Feeling Brain)*. © Antonio R. Damasio, 2003. Trad. Jean-Luc Fidel, Odile Jacob, Paris, 2003, p. 173-175. Pour une discussion lumineuse de l'idée d'unité esprit/corps, voir aussi Damasio, *L'Autre moi-même : les nouvelles cartes du cerveau, de la conscience et des émotions*, trad. Jean-Luc Fidel, Odile Jacob, Paris, 2010.
10. Stuart Hampshire, "Spinoza and the Idea of Freedom", in Marjorie Grene (éd.), *Spinoza: A Collection of Critical Essays*, Doubleday Anchor Books, Garden City (NY), 1973, p. 303-304. Réimprimé dans Stuart Hampshire, *Spinoza and Spinozism*, Clarendon Press, Oxford, 2005, p. 182-184.
11. *Ibid.*, p. 312.
12. Voir Daniel M. Wegner, *The Illusion of Conscious Will*, MIT Press, Londres, 2002.
13. Stuart Hampshire, *Spinoza and Spinozism*, *op. cit.*, p. 13.

14. *Ibid.*
15. Baruch Spinoza, *L'Éthique*, trad. A. Guérinot, Ivréa, Paris, 1993, p. 255-256.
16. Thomas Hobbes, *Léviathan*, trad. François Tricaud, Sirey, Paris, 1971, p. 96.
17. Baruch Spinoza, *op. cit.*, p. 132.
18. Baruch Spinoza, *op. cit.*, p. 272.
19. Voir Stephen Lukashevich, "Leontev's Ideology: The Esthetics of Salvation", *Konstantin Leontev (1831-1891): A Study in Russian "Heroic Vitalism"*, Pageant Press, 1967, New York.
20. J'ai critiqué les théories de l'altruisme efficace dans "How & How Not to Be Good" (*New York Review of Books*, 21 mai 2015, réimprimé sous le titre "How Not to Be Good: Peter Singer on Altruism", *Gray's Anatomy: Selected Writings*, nouvelle édition, Penguin Books, Londres, 2016, p. 482-491).
21. Philip Kitcher, *The Ethical Project*, Harvard University Press, Cambridge (MA), 2011, p. 7.
22. Paul Wienpahl, *The Radical Spinoza*, New York University Press, New York, 1979, p. 89-90.
23. Jon Wetlesen, *The Sage and the Way: Spinoza's Ethics of Freedom*, Van Gorcum, Assen, 1979, p. 317.
24. Atsuko Saito, Kazutaka Shinozuka, Yuki Ito et Toshikazu Hasegawa, "Domestic Cats *(Felis Catus)* Discriminate Their Names from Other Words", *Scientific Reports 9* (5394), 4 avril 2019.
25. Pour une réflexion lumineuse sur l'attention et la distraction, voir Adam Phillips, *Attention Seeking*, Penguin Books, Londres, 2019.
26. Voir Eugen Herrigel, *Le Zen dans l'art chevaleresque du tir à l'arc*, traduit de l'allemand, Paris, Dervy, 1997.

IV – AMOUR HUMAIN *VS* AMOUR FÉLIN

1. Judith Thurman, *Secrets de la chair : une vie de Colette*, trad. Hélène Collon, Calmann-Lévy, Paris, 2002, p. 437.
2. Colette, *La Chatte*, Hachette, Paris, 1960, p. 83.
3. *Ibid.*, p. 155.

4. *Ibid.*, p. 159.

5. Joe Randolph Ackerley, *Ma chienne Tulip*, trad. Alain Defossé, Cambourakis, Paris, 2016.

6. Andrew Wilson, *Beautiful Shadow: A Life of Patricia Highsmith*, Bloomsbury, Londres, 2003, p. 333.

7. Pour des considérations approfondies sur l'attachement des félins, voir Jeffrey Masson, *Les Neuf Vies émotionnelles du chat*, trad. Josiane Deschamps, Albin Michel, Paris, 2003.

8. Andrew Wilson, *op. cit.*, p. 331, 332 et 267.

9. *Ibid.*, p. 331.

10. *Ibid.*

11. *Ibid.*

12. Patricia Highsmith, "La Plus Grosse Proie de Ming", *Le Rat de Venise et autres histoires de criminalité animale*, trad. Alain Delahaye, Calmann-Lévy, Paris, 1977, p. 109.

13. *Ibid.*, p. 122.

14. *Ibid.*, p. 123.

15. Voir Patricia Highsmith, *Zeichnungen*, Diogenes, Zurich, 1995.

16. Germaine Brée, *Marcel Proust and Deliverance from Time*, Chatto and Windus, Londres, 1956, p. 99-100.

17. Jun'ichirō Tanizaki, *Éloge de l'ombre*, trad. René Sieffert, Publications orientalistes de France, 1977, p. 77.

18. *Ibid.*, p. 37-38.

19. *Ibid.*, p. 37.

20. Jun'ichirō Tanizaki, *Le Chat, son maître et ses deux maîtresses*, trad. Cécile Sakai et Jean-Jacques Tschudin, Gallimard, Paris, 1994, p. 12.

21. *Ibid.*, p. 97-98.

22. *Ibid.*, p. 112.

23. Ce texte autobiographique fut publié dans la revue Granta, n° 107, 2009, puis dans le recueil d'essai *Somebody with a Little Hammer*, Vintage Books, New York, 2018, p. 131-179.

24. Voir Parul Sehgal, "Mary Gaitskill and the Life Unseen", *The New York Times*, 2 novembre 2015.

25. Mary Gaitskill, *Faites-moi plaisir*, trad. Marguerite Capelle, Éditions de l'Olivier, Paris, 2020.

26. Mary Gaitskill, "Lost Cat: A Memoir", *Somebody with a Little Hammer: Essays*, Pantheon Books, New York, 2017, p. 134.
27. *Ibid.*, p. 131.
28. *Ibid.*, p. 135.
29. *Ibid.*, p. 135-136.
30. *Ibid.*, p. 136-137.
31. *Ibid.*, p. 137.
32. *Ibid.*, p. 138.
33. *Ibid.*, p. 137.
34. *Ibid.*, p. 138.
35. *Ibid.*, p. 146.
36. *Ibid.*, p. 149-151.
37. *Ibid.*, p. 151.
38. *Ibid.*, p. 154.
39. *Ibid.*, p. 173.
40. *Ibid.*, p. 171.
41. *Ibid.*, p. 158.
42. *Ibid.*, p. 162-163.
43. *Ibid.*, p. 179.
44. Mary Gaitskill, "Victims and Losers: A Love Story", *Somebody with a Little Hammer*, *op. cit.*, p. 82.

V – LE TEMPS, LA MORT ET L'ÂME FÉLINE

1. Nicolas Berdiaeff, *Essai d'autobiographie spirituelle*, trad. E. Belenson, © Éditions Buchet Chastel, Paris, 1992.
2. Pour une description saisissante de la déportation de l'intelligentsia russe par Lénine, voir Lesley Chamberlain, *The Philosophy Steamer: Lenin and the Exile of the Intelligentsia*, Atlantic Books, Londres, 2006.
3. Nicolas Berdiaeff, *op. cit.*, p. 372.
4. Doris Lessing, *Les Chats en particulier*, trad. Marianne Véron, Albin Michel, Paris, 1983, p. 109-111.
5. *Ibid.*, p. 122-123.

6. Felipe Fernández-Armesto, *Out of Our Minds: What We Think and How We Came to Think It*, Oneworld Publications, Londres, 2019, p. 35-37.
7. Cette longue conversation entre Sam Keen et Ernest Becker fut publiée sous le titre "The Heroics of Everyday Life: A Theorist of Death Confronts His Own End", *Psychology Today*, avril 1974.
8. Ernest Becker, *The Denial of Death*, Souvenir Press, Londres, 2011, p. 199.
9. *Ibid.*, p. 201.
10. Ernest Becker, *Escape from Evil*, The Free Press, New York, 1975.
11. Pour une présentation détaillée du bolchevisme comme idéologie de l'immortalité, voir mon livre *The Immortalization Commission*, *op. cit.*
12. *Ibid.*, p. 213-216.
13. J'évoque la question du bouddhisme comme quête de la mortalité dans *Chiens de paille*, *op.cit.*
14. Thomas Hardy, *Poèmes du Wessex*, trad. Frédéric Jacques Temple, Gallimard, Paris, 2012.
15. Ludwig Wittgenstein, *Tractatus logico-philosophicus*, trad. Gilles-Gaston Granger, Gallimard, Paris, 1993, p. 111.
16. Jaromir Malek, *Le Chat dans l'Égypte ancienne*, trad. Laurence Bobis, Les Belles Lettres, Paris, 2016, p. 115-116.
17. John Romer, *A History of Ancient Egypt from the First Farmers to the Great Pyramid*, Penguin Books, Londres, 2013, p. XIX.
18. Jaromir Malek, *op. cit.*, p. 86.
19. *Ibid.*, p. 80.
20. *Ibid.*, p. 135-136.
21. *Ibid.*, p. 115, 151.

VI – LES CHATS ET LE SENS DE L'EXISTENCE

1. Blaise Pascal, *Pensées*, *op. cit.*, p. 578.

REMERCIEMENTS

Mon éditeur chez Penguin Books, Simon Winder, m'a apporté un soutien indéfectible. On ne peut dire à quel point ses commentaires et ceux de sa collègue Eva Hodgkin ont amélioré le texte. Mon agent de chez Wylie, Tracy Bohan, et sa collègue Jennifer Bernstein m'ont offert un appui et une aide incroyables dès la conception du livre. Cela faisait des années qu'Adam Phillips nourrissait mon approche des thèmes abordés dans cet ouvrage, et ses remarques ont été inestimables. Des conversations avec Bryan Appleyard, Robert Colls, Michael Lind, Paul Schutze, Geoffrey Smith, Sheila Stevens et Marina Vaizey m'ont aidé à l'écrire.

Quatre chats ont apporté leur indispensable contribution. Deux sœurs birmanes, Sophie et Sarah, et deux frères birmans, Jamie et Julian, ont été mes chers compagnons pendant presque dix-neuf ans. Julian était dans sa vingt-troisième année, toujours à profiter de la vie, quand j'écrivais ce livre.

Comme toujours, je voue ma gratitude la plus profonde à mon épouse Mieko, sans qui rien de tout cela n'eût été possible.

OUVRAGE RÉALISÉ
PAR L'ATELIER GRAPHIQUE ACTES SUD
REPRODUIT ET ACHEVÉ D'IMPRIMER
EN SEPTEMBRE 2022
PAR NORMANDIE ROTO IMPRESSION S.A.S.
À LONRAI
POUR LE COMPTE DES ÉDITIONS
ACTES SUD
LE MÉJAN
PLACE NINA-BERBEROVA
13200 ARLES

DÉPÔT LÉGAL
1re ÉDITION : OCTOBRE 2022
N° impr. : 2203777
(Imprimé en France)